퇴
마
록

# 퇴마록

외전 3

이우혁

VANTA

**공통 일러두기**

· 도서는 『 』, 단편이나 서사시 등은 「 」, 그림, 글씨, 영화, 오페라, 음악, 필담 등은 〈 〉, 전화, 방송, 라디오 등은 [ ]로 구분했습니다.

· 각주는 모두 저자 주입니다(엘릭시르 판본에서 용어 해설로 처리된 부분 중 가감된 내용의 일부가 이에 해당).

· 영의 목소리(빙의됐을 경우 제외)와 전음이나 복화술 등 육성으로 하지 않는 말은 등장인물과의 구분을 위해 고딕체로 표기했습니다.

· 피시(PC) 통신에서 사용하는 메시지는 별도의 서체로 구분했습니다.

· 본문의 ( )는 편집자 주이며, ─ 는 저자가 보충하려 덧붙인 이야기를 구분한 것입니다.

차
례

**인간 장준후의 불완전한 계획** • 7

**천기의 수호자** • 83

**새로운 시대를 꿈꾸며** • 131

退魔錄                                    Exorcism Chronicles

# 인간 장준후의
# 불완전한 계획

징벌자와 구원자 탄생 2시간 후

**일러두기**

· 시간 역행과 그에 따른 패러독스 이론을 일부 각색해 구성했습니다.

· 『퇴마록(외전)』 3권에 묘사된 상당 부분의 이야기는 『퇴마록(말세편)』 5권에 언급돼 있습니다.

## 분노

"내 말 들어. 무조건. 그러지 않으면 모두 죽는 거야."

준후의 입에서 싸늘하기 이를 데 없는 말이 새어 나왔다. 그의 앞에는 꽤 많은 사람이 모여 있었다. 그중 일부는 퇴마사들의 편에 섰던 사람들이었고, 반대편에 섰던 사람들도 있었다. 아직 싸움이 끝나지 않았으나 지금은 모두 손을 놓고 충격에 젖어 있는 상태였다.

그들은 거의 영능력을 가지고 있었다. 때문에 그들 중 상당수는 준후가 안고 온 두 아기를 보고 사태의 실상을 짐작했다. 결국 퇴마사들의 반대편에 섰던 사람들은 자신의 판단이 틀렸음을 깨달았고, 수는 적지만 퇴마사들의 편에 섰던 사람들은 감격하며 환호했다.

그러나 준후의 마음은 참담하기 그지없었다. 준후는 끝없는 분노에 마음이 전부 타들어 가고 있었다.

징벌자와 구원자, 두 쌍둥이 아기를 구해 낸 직후까지만 해도 준후는 희망을 잃지 않고 있었다. 헤어졌던 현암과 승희, 그리고 박 신부에 이르기까지 그래도 퇴마사들이 살아 있을 것이라고 믿었던 것이다. 도중에 만난 해밀턴이 달려가 준 것도 희망적이었다. 무엇보다도 세상을 구원했다는 기쁨이 준후의 희망을 더욱 부추겼다.

그러나 군중에게 돌아와 싸움을 중단시키고 아기들을 맡긴 이후 급히 달려간 곳에서 준후는 참담한 현실을 맞닥뜨릴 수밖에 없었다.

준후는 모든 힘을 다해 왔던 길을 되돌아갔고, 먼저 박 신부를 찾았다. 현암과 승희가 간 곳보다는 이편이 더 가까웠기 때문이다.

사실 준후는 아직 연희의 죽음으로 인한 슬픔에서도 다 벗어나지 못한 상태였다. 백호도 그렇고, 많은 사람이 목숨을 잃었다. 그래도 그들에 대한 마음의 상처는 어떻게든 봉합돼 가는 중이었고, 준후에게는 솔직히 그들보다도 박 신부와 현암, 승희가 훨씬 중요했다. 절친한 동료나 선후배를 잃는 것보다 친부모나 형제를 잃는 게 더 힘든 것과 같은 이유였다. 심지어 퇴마사들은 준후에게 혈육 그 이상이었다. 스승이자 친구이며 동료이자 전우였으니 어쩌면 당연한 것이었다.

마침내 박 신부를 찾았을 때, 준후는 온몸에 힘이 풀려 그 자리에 주저앉아 버렸다.

박 신부는 무릎을 꿇고 앉아 조용히 기도하는 자세를 취하고 있었다. 그 앞에는 엄청난 숫자의 기이한 시체, 그것도 일그러진 괴물의 모습을 한 시체들의 잔해가 쌓여 있었다. 잔해의 대부분은 새카맣게 타 버려서 더더욱 끔찍했다. 그 수많은 괴물의 시체 더미는 둥근 원 형태로 수백 구나 쌓여 있어 더 기이한 느낌을 주었지만, 준후는 그런 것까지 신경 쓸 겨를이 없었다. 먼저 도착한 해밀턴이 침울한 표정으로 박 신부를 내려다보며 눈물을 흘리고 있었기 때문이다.

"……신부님은요?"

나오지 않는 말을 억지로 꺼냈으나 목소리는 떨리고 벌써부터 울음이 섞여 나왔다. 그러나 해밀턴은 길게 한숨을 쉬며 고개를 저었다.

준후는 울음을 터뜨리며 박 신부에게 달려갔다. 준후가 가까이 다가가자 박 신부의 모습이 이상하게 변하더니 곧 허물어졌다. 마치 준후가 온 것을 보고 안심한 듯했다. 자세히 살펴보자 박 신부의 온몸은 재로 변해 있었다.

그 순간 『성경』에서 롯(아브라함의 조카)의 아내들이 소금 기둥으로 변했다는 말이 생각났다. 그것은 천벌을 받아 일어난 일이지만, 박 신부의 경우에는 달랐다. 박 신부는 모든 힘을 남김없이 써서 앉은 자세 그대로 타 버렸다고 볼 수 있었다. 그렇게 흩어진 박 신부의 재는 바람에 날려 곧 형체도 없이 사라져 버렸다. 해밀턴은 혼자 중얼거렸다.

"대체 어떻게 이럴 수 있지. 내가 했더라도 이렇게 막지는 못했을 텐데……."

그 말은 맞았다. 해밀턴이 아무리 강한 능력을 지녔고, 불사의 존재라고 해도 몸은 하나였다. 수백의 괴물 무리를 혼자서 막아 낼 능력은 없었다. 그러나 박 신부는 해냈다. 유언도 남기지 못했지만, 세상의 구원, 그리고 준후의 뒤를 지켜 주고자 몸이 재가 될 정도로 노력한 것이다.

그럼에도 준후는 그것이 하나도 위안되지 않았다. 준후는 오열했다. 준후에게 박 신부는 아버지 그 이상의 존재였다. 그러나 이제 박 신부는 세상에 없었다. 장사를 지낼 시신조차도 남아 있지 않았다.

여기서부터 준후의 분노가 시작됐다.

'왜? 어째서 신부님 같은 분이 이렇게……!'

울고 있을 수만도 없었다. 아직 현암과 승희의 안위를 확인하지 못했기 때문이다. 준후는 곧 해밀턴과 함께 현암과 승희를 찾아 나섰다. 준후는 이전에 현암이 아네스 수녀 일당을 막으려 나섰던 곳을 기억하고 있었다. 거기서부터 수색을 시작하자 머지않아 결과를 보게 됐다.

현암과 승희가 있던 곳에서는 어떤 시체도 발견되지 않았다. 다만 여러 종류의 화기나 폭약까지 사용한 듯 주변은 황폐해져 있었다. 불과 냉기 주술 등의 흔적도 여러 개 보였다. 아마 아네스 수녀의 짓이었을 것이다. 여러 곳에 혈흔도 보였다.

그러나 시체는 없었다.

그래서 준후도 희망을 가졌다. 박 신부의 죽음에 대한 충격으로 눈물을 줄줄 흘리면서도 이를 악물고 분노를 참았다. 일단 아녜스 수녀 일당이 더 이상 추적하지 못한 것으로 보아 그들은 후퇴한 것이 분명했다. 현암의 엄청난 공력과 승희의 초능력으로 그들을 막아 낸 것이 분명했다. 그러나 시체가 없다는 점은 이상했다.

준후는 이 지경에 이르렀음에도 현암과 승희가 의도적으로 살인을 하지는 않았을 것이라 믿었다. 현암과 승희가 사람을 해치는 길을 택했다면, 분명 시체가 많이 남았을 것이다. 그러나 현암과 승희가 보이지 않는 것이 이상했다. 반대로 현암과 승희가 패배했다면, 아녜스 수녀는 왜 더 추적하지 않고 후퇴한 걸까? 두 경우 다 이해되지 않았다.

'아녜스 수녀에게 잡혀가기라도 한 걸까? 그래도 좋아. 그 정도는 두렵지 않아! 어떻게든 살아만 있으면 구해 낼 수…….'

그런 준후의 마음이 무색하게 해밀턴이 뭔가를 발견했다.

"준후야. 이건 혹시……."

해밀턴이 축 가라앉은 목소리로 어렵게 말했다. 그 옆에는 상당한 크기의 구멍이 뚫려 있었는데, 준후가 놀라 달려가 보니 상상도 못 한 것이 발견됐다.

손목까지만 남은 남자의 손과 그 손을 꽉 잡고 있는 여자의 작은 손이었다. 비록 손밖에는 남지 않았지만, 준후는 그 손의 주인들을 잘 알고 있었다. 모를 수 없었다.

바로 현암의 오른손과 승희의 왼손이었다. 항상 굳건했으며 무엇이라도 부술 수 있을 것만 같던 듬직한 손. 그리고 그 손으로 감싸 쥔 덕분에 남은 승희의 손……. 해밀턴도 그것이 그 둘의 손이라고 확신했다. 이런 처절한 싸움판에서 손을 꼭 잡고 함께 최후를 맞이했다는 것은…….

준후는 차마 두 사람의 손을 건드리지도 못한 채 그 앞에 쓰러져서 울음을 터뜨렸다. 목이 메어서 짐승과 같은 소리가 터져 나왔다. 해밀턴은 그래도 마지막 순간에는 둘이 함께했다고, 그렇게나마 준후를 위로해 볼까도 생각했다. 하지만 워낙 비통해하는 준후 앞에서 차마 말할 수 없었다.

현암과 승희는 아마도 강력한 폭발물에 당한 것 같았다. 그 옆에 뚫려 있는 작은 분화구처럼 생긴 구멍은 상당한 구경의 포탄이나 폭발물로 만들어진 듯 보였다. 아직도 화약 냄새가 주변에 남아 있는 걸 보아 주술이나 공력 등은 아닌 게 분명했다.

현암의 공력이 아무리 막강하고 승희에게 초능력이 있다고 해도 결국 끝이 있었다. 현암은 거의 전신에 공력이 유통되는 상태라서, 설령 총 정도는 맞더라도 경상으로 버텨 낼 수 있었을 것이다. 그러나 그것도 잘해야 몇 번뿐, 수없이 쏟아지는 현대 화기 앞에서 공력도 고갈될 수밖에 없다.

특히 현암은 승희를 보호하기 위해 더더욱 큰 공력도 썼을 것이다. 그러다가 결국은 반칙이다 싶게 쏟아지는 포탄의 공격을 받아 몸 전체가 비산됐을 것이다. 그 결과 마지막까지 공력이 남았던 현암의 오른손과 그 손을 맞잡고 있던 승희의 왼손만이 남은 것 같았다.

"차라리 내가 여기 있었다면…… 이런 일은 없었을 텐데……."

해밀턴이 탄식했다. 해밀턴이 여기 있었다면 그의 불사적인 특성 때문에 화기나 폭발물은 작동조차 되지 않았을 것이다. 그러나 이미 지난 일이었다. 더구나 당시에는 어쩔 수 없었다. 해밀턴은 큰 집단 하나를 설득하는 큰일을 해냈다. 퇴마사들이 모두 의심받고 있었기에 그때는 해밀턴이 나서는 것이 최선이었다. 그러나 그 대가는 너무도 컸다.

준후의 분노는 더욱더 커져 갔다. 박 신부만 아니라 현암과 승희까지 이렇게 희생됐다는 사실을 견딜 수 없었다. 단순한 상실의 분노가 아니라 세상의 질서가 이런 식으로밖에 유지될 수 없는가에 대한 회의가 들었다.

여기까지는 준후도 어떻게든 분노를 억누르려 했다. 준후는 항상 선을 추구해 올곧은 행동을 하며, 퇴마사들이 알려 주고 보여 준 대로 행동하려 애썼다. 헌신과 희생의 가치도 알았다. 박 신부와 현암, 승희가 희생됐지만, 그것은 그들 스스로가 자원한 일이었다. 굳이 다른 자들에게 분노를 돌리고, 모든 인간에게로 분노를 돌릴 일은 아니라고 준후는 애써 마음을 억눌렀다.

그러나 전혀 다른 곳에서 준후의 분노가 폭발했다. 바로 준호와 아라 때문이었다.

준호와 아라는 가장 위협적이고 막강한 존재였던 아기들의 영혼을 달래는 큰 역할을 했다. 심지어 자신들을 인질로 삼게 해 가장 큰 추적자 무리를 설득했다.

그런데 여기서 일이 터졌다. 용화교의 무색 화상이 자신의 목숨을 걸고 한 약속을 스스로 목숨을 버리면서까지 깨 버린 것이다. 그 결과 더 이상 참지 못한 한국 도인들과 다른 무리가 큰 싸움을 벌이게 됐다.

준후가 억지로 슬픔을 억누르면서 다시 돌아왔을 때에는 이미 준호와 아라가 한국 도인들에게 구조된 상태였다. 그러나 큰 피해가 있었다.

아기들의 영혼은 인간들이 약속을 어긴 사실에 분노했다. 다행히 준호와 아라를 죽이지는 않았지만, 아기들은 그 대신 대가를 요구했다. 이때 무리를 이루었던 아기들의 영혼은 바이올렛이 산통 때문에 조종 능력을 상실한 상태라 명령을 받지 않고 있었다. 그렇기에 아기들의 영혼은 서로 의견이 갈려 다시 무리로 행동하기는 힘들어 보였다. 자신들의 어머니에게 도움을 주지 못한 것에 분노한 영혼들이 많았고, 그들은 인간들이 뭐라도 대가를 치러야 한다고 했다.

아기들의 영혼은 결국 준호와 아라에게 눈 하나씩을 내놓으라고 요구했다. 이때 준호가 나섰다.

"둘에게 하나씩 가져갈 것 뭐 있어? 내 두 눈을 다 가져가!"

아라는 몹시 놀라며 말렸다. 눈 하나씩이면 그래도 볼 수 있지만, 눈을 두 쪽 다 잃으면 암흑에 빠지게 되니까. 하지만 준호는 끝까지 뜻을 굽히지 않았다.

"그 정도는 돼야 너희도 만족할 거잖아! 내가 대신 대가를 치르 겠어! 그리고 사과하겠어! 사부도 다른 분들도 모두 목숨 걸고 나 섰는데, 이까짓 두 눈이 뭔 소용이야?"

준호가 나선 이유는 진심으로 대가를 치르고 싶었기 때문이다. 그리고 인간들의 배신으로 인해 아기들의 영혼이 다시 나서는 것 이 두렵기도 했다.

준호의 도박은 성공했다. 준호는 자신의 희생으로 아기들의 영 혼이 인간을 다시 적대시하는 것을 막았으며, 아라를 구하는 일도 성공했다. 준호의 두 눈은 신비한 능력으로 피를 흘리지는 않았으 나 안구 자체가 아예 사라져 버렸다. 물리적으로 제거하는 것처럼 극심한 고통은 없었지만 충격은 컸을 것이다.

그러나 준호는 이를 악물고 아무렇지 않은 척 참아 냈다. 사건 이 일단락된 후 의학 지식이 있는 자들이 살펴보니, 준호는 안구 만이 아니라 시신경 체계까지 모조리 없어져서 다시 시력을 되찾 을 가능성은 없다고 했다. 그야말로 큰 희생이었다. 그리고 그 덕 분에 아기들의 영혼은 다시 나서지 않게 됐다. 설령 의견 충돌이 있어서 비교적 소수의 무리만 다시 행동하게 됐다고 해도 이들을 막기는 힘들었을 것이다. 심지어 많은 아기의 영혼은 성불해 버리 기도 했다.

준호의 희생은 영웅적이었지만, 이런 내막을 전혀 몰랐던 준후 는 분노할 수밖에 없었다. 물론 그 사실 자체만으로는 박 신부와 현암, 승희의 죽음만큼 큰일은 아니었다. 하지만 준후는 이 일 때문에 억지로 눌러 참던 마음이 터진 것이다.

아직 어린 준호와 아라까지도 희생시키려 했다는 점에서 배신감이 몰아쳤지만, 더 큰 이유는 이 일이야말로 모두를 죽게 한 원인이라 생각한 것이다. 준후는 원래부터 천재 소리를 들을 만큼 영특했기에 몇 가지 정황과 이야기만 듣고도 모든 일을 짐작할 수 있었다.

이때 아기들의 영혼과 상대할 능력자 무리 중에는 퇴마사들과 크고 작은 연을 맺은 한국 도인이 많았다. 그리고 그들은 준호와 아라에게 거의 완전히 납득했다. 따라서 무색이 나서지만 않았다면 아녜스 수녀 일당을 제지할 수 있었을 것이다.

한국 도인들과 용화교, 그리고 칼키파, 거기에 수아가 아녜스 수녀를 막을 수 있었다면 현암과 승희가 희생되는 일은 없었다. 나아가서는 현암과 승희도 박 신부를 도왔을 테니 박 신부가 혼자 버티다가 희생되는 일도 벌어지지 않았을 것이다. 어쩌면 다른 능력자들도 박 신부와 현암, 승희에게 힘을 보태 줄 수 있었을 것이다.

퇴마사들의 편을 들어 다른 무리와 싸운 것만 보아도 확실했다. 이들도 결코 약한 자들은 아니었다. 이들의 조력만 있었더라도 퇴마사들의 능력으로 최소한 죽음만은 막을 수 있었을 것이다.

나름대로 소신을 가지고 한 행동이었다고는 하나, 무색의 행동으로 능력자 무리는 나뉘어져 서로 싸우느라 시간을 소비했고, 그 결과 단 한 명도 구하지 못했다. 그것도 아이들의 희생을 전제로

한 독선과 배신으로 말이다.

이 사실을 알게 됐을 때 준후는 폭발했고, 더 이상 수단 방법을 가리지 않겠다고 결심했다.


## 택할 수 없는 선택


"내 말 들어. 무조건. 그러지 않으면 모두 죽는 거야."

이러한 까닭에 준후의 입에서 이같은 말이 나온 것이다. 준후가 던진 말은 너무도 냉혹하고 어처구니가 없을 정도여서 그곳에 있던 사람들은 스스로의 귀를 의심해야 했다. 준후는 자신을 돕던 사람이건 아니건 똑같이 차가운 눈빛으로 바라보며 냉정히 선포하듯 요구했다. 그 말을 들은 사람들은 어느 편임을 막론하고 등골이 서늘해졌다.

"모두 죽는다니? 그게 무슨……."

누군가가 중얼대자 준후는 지체 없이 말했다.

"내가 죽일 거니까. 모두를. 지구의 모든 것을 남김없이."

사람들은 다시 한번 각자의 귀를 의심했다. 정신 나간 소리로 밖에 들리지 않았다. 그러나 문제는 그 말을 한 사람이 준후고, 그 말을 함과 동시에 준후의 전신에서 도저히 헤아릴 수 없는 기이한 기운이 뿜어져 나왔다는 것이다. 그들은 이 사태를 그냥 넘길 수 없었다.

"뭘 원하는 게냐?"

현현일로가 당황한 듯 묻자 준후는 곧바로 대답했다.

내용은 간단하면서도 강렬했다.

"신부님, 현암 형, 승희 누나를…… 살려 내."

이치에는 닿지 않지만, 슬픔에 겨운 준후로서는 충분히 할 수 있는 말이었다. 문제는 준후의 목소리와 모습이었다.

준후의 목소리 성량은 그리 크지 않았으나 목소리 자체가 어딘지 모르게 묘한 느낌을 주었고, 엄청난 적의를 담고 있었다. 게다가 준후의 영능력이 상당히 담겨 있는 듯 크지 않은 중얼거림에 가까운 소리일 뿐인데도 사방에 가득 차 넘칠 것만 같았다. 이 자리의 대부분이 영능력자인 만큼 그들은 크게 충격을 받으며 놀라워했다.

조금 전까지 많은 사람이 퇴마사들을 '말세에 임할 자'로 의심했었다. 그 때문에 여기저기서 큰 싸움이 있었다. 결국 오해는 풀렸고, 세상은 구원됐다. 징벌자와 구원자를 함께 잉태했던 바이올렛이 순리대로 무사히 출산하면서 세상은 위기를 모면했다.

그러나 그 직후 퇴마사 중 유일한 생존자였던 준후가 이렇게 돌변한 것이다. 다시 한번 사람들은 '말세에 임할 자'를 생각해 냈다. 그럴 수밖에 없었다. 그들은 세상이 구원된 직후에 곧바로 종말을 겪을 것 같아 몸을 떨었다. 특히 지금 준후에게서 풍겨 나오는 분위기는 압도적이었다. 최강자라고 할 수 있는 해밀턴—아하스 페르츠—를 압도하는 분위기였다. 힘이나 영능력이 아닌, 완전히 차원이 다른 압도감이 사방을 내리찍어 눌렀다.

또한 갑자기 준후의 모습까지 변하고 있었다. 바람도 없는데 머리칼과 옷자락이 영력의 돌풍에 휘말려 하늘로 솟구쳐 올랐고, 거기에 더해 준후의 머리칼이 희고 눈부신 빛깔로 변했다. 그냥 백발이 아니라 오색의 영롱한 빛이 감도는 신비로운 색이었다. 눈에서는 불을 뿜어내듯 선연한 섬광까지 뿜어내고 있었다.

준후는 덧붙여 말했다.

"살려 내. 이건 명령이야."

설마 준후가 저럴 줄은 몰랐다는, 의혹이 가득한 눈빛을 한 무련 비구니가 더듬거리며 말했다.

"준후 시주, 안타깝지만…… 죽은 사람을 살리는 방법은 없습니다."

그러나 준후는 여전히 싸늘한 어조로 말했다.

"여기 수많은 사람이 있어. 각기 비밀스러운 힘을 지닌 자들이지. 그런데도 사람 몇을 살려 내지 못한다고?"

그때 군중 중에서 한 사람이 말했다.

"그러면 네가 살려라!"

준후는 계속 말했다.

"나도 못 해. 그런데 너희도 못 해? 정말? 그러면 너희가 가진 힘, 내가 얻은 힘 이런 게 다 무슨 소용이지? 다 쓸모없는 게 아닌가?"

준후는 천천히 왼손을 들어 보이며 말했다.

"그런 쓸모없는 것들을 왜 내가 그냥 둬야 하지? 배신하고, 남을 희생물로 집어 던지기나 하는 것들을?"

손을 다 들어 올린 준후가 일그러진 미소를 한 번 머금으며 말했다.

"이렇게 될 거야. 모두."

그 순간 군중이 모여 있는 곳 옆에 있던 큰 나무 한 그루가 우지직거리며 단숨에 뽑혀 허공으로 솟아올랐다. 아무 전조도 힘도 느껴지지 않았기에 모두 놀랐다. 그중에는 염동력, 혹은 허공섭물(虛空攝物)에 가까운 기술일 뿐이라고 대단치 않게 생각하는 사람도 많았다.

그러나 다음 순간, 이상한 일이 벌어졌다. 나무가 갑자기 쪼그라들더니 삽시간에 바짝 말라 버린 것이다. 동시에 말라붙은 나무 전체에 금이 가며 굳어 갔다. 물기는 전혀 없지만 무서울 정도로 꽁꽁 얼어붙은 것처럼 된다고나 할까? 감각이 예민한 자들은 나무가 엄청난 저온 상태가 됐음을 느낄 수 있었다.

곧 나무는 가루가 돼 흩어졌다. 완전히 탈수돼 거의 분자 단위로 부서져 버린 것이다. 이어 나무가 있던 공간에서 굉장한 폭발이 일어났다. 몇 사람밖에는 알아보지 못했지만 그게 어떤 과정을 거쳐 저렇게 된 것인지 인식한 사람도 있었다. 그것은 실로 놀라운 능력이었다.

"말도 안 돼! 저건……!"

그 몇 안 되는 안목을 가진, 대마법사 하겐이 떨면서 중얼거렸다. 주변에 있던 몇몇이 눈길을 보내자 하겐은 간신히 중얼거렸다.

"…… 단순한 능력이 아니야……. 원리를…… 근본적인 법칙을 깨부쉈어!"

준후가 한 일은 단순한 영능력이나 초자연적인 주술이 아니었다. 겉보기에는 빠르게 몇몇 가지 수법을 반복한 것으로 보일 수도 있었다. 그러나 여러 지식, 특히 과학에 관한 지식도 많았던 하겐은 알아보았다.

'복잡한 술법이 아니었어! 내 생각이 맞다면, 그저 한 가지만 했을 뿐이야! 바로……'

더 참을 수 없었던 하겐은 준후에게 외쳤다.

"넌 지금 물을 지배했나? 아니, 통제한 건가?"

그러자 준후는 조용히 대답했다.

"알아보는 자가 있긴 하네."

"대답해라. 넌 그냥 물을 지배한 게 아니다! 물 자체에게 명령한 건가? 아니, 세상의 근본 법칙을 뒤엎을 수 있게 된 거냐?"

준후는 작지만 거만하게 코웃음을 쳤다. 그러나 맞다고 대답한 것보다 더 확실한 반응이었다.

준후가 한 것은 보통의 기술이 아니었다. 그건 물의 구조 자체에 간섭해 명령한 것이었다.

물은 수소 원자 두 개에 산소 원자 하나가 결합돼 이루어진다. 그 과정을 산화라고 하는데 보통 수소는 산화, 즉 연소 과정을 거치면서 많은 에너지를 만들어 내뿜는다. 이것은 자연의 가장 기본 법칙 중 하나였다. 이것을 반대로 돌리려면, 즉 환원하려면 그만

한 에너지를 공급해야 한다. 그러나 구조 원리 자체를 통제할 수 있다면 명령만 하면 된다. 나무를 구성하고 있던 모든 물 분자들이 명을 받아 강제적으로 다시 수소와 산소로 바뀌었으며, 그 과정에 필요한 에너지를 주변에서 흡수한 것이었다. 그래서 나무의 주변 온도가 극저온 상태로 떨어진 것이다. 결국 나무는 물을 통해 함유하고 있던 모든 분자를 잃은 데다 극저온까지 겹쳐 거의 분해돼 버렸다.

그런데 준후가 명령을 중단하자 명에 따라 주변에 모여 있던 수소와 산소 원자들이 다시 결합해 물이 돼 버렸다. 물 자체로서는 변화가 없었지만 물성(物性)적인 변화, 그리고 절대 영도에 가까운 극저온과 연소 과정을 연달아 겪게 된 나무는 존재조차 짐작할 수 없을 만큼 해체됐다.

그건 주술이나 마법을 한참 뛰어넘은, 대자연의 물리적 법칙을 직접 조종하는 초월적인 능력이었다. 당연히 어지간한 힘이나 통제력 따위는 비견할 수도 없는 일이다. 창조신 정도나 행할 수 있을 것 같은, 그야말로 인간의 능력을 넘어서는 초월적 힘을 보여 준 것이다.

"어떻게 이럴 수가 있는 거냐?!"

하겐이 절규하듯 묻자 준후는 간단히 대답했다.

"초월했으니까. 아직은 초입에 불과하지만."

"어떻게……."

준후는 눈짓으로 저만치에서 사람들에게 안겨 있는 쌍둥이, 즉 징벌자와 구원자인 아기들을 가리켰다.

"저 둘이 빛의 힘과 어둠의 힘을 서로 상쇄했지. 세상을 망가뜨리려는 끝없이 어두운 의지와 세상을 구하려는 한없이 선한 의지. 거기서 나온 힘이 상쇄됐어. 그런데 그 힘이 그냥 없어지기만 했을까?"

준후는 말을 잠시 멈추고 한 번 입술을 굳게 깨물었다가 다시 입을 열었다.

"…… 그 순간 그 아기들은 내 품에 있었어. 그 힘이 내게 왔건 내 분노가 커서였건…… 아무튼 나는 저절로 이렇게 됐어."

"그렇다고 세상 전부를 파멸시킬 수 있단 말이냐? 조그마한 공간도 아니고 세상을? 지구 전체를?"

준후는 소름 끼칠 정도로 씩 웃으며 대답했다.

"당연히 이 지구, 세상 전체야. 왜냐고? 그 세상을 우리가 구했으니까. 아마도 단 한 번뿐이겠지만…… 그리고 나도 같이 사라지겠지만, 적어도 한 번. 아주 작은 한순간만큼은 세상 전체를 내가 통제할 수 있게 된 거야."

"세상을 구했다고 그런 권한이 생길 리 없다!"

"아냐. 생겨. 보통은 그런 생각조차 하지 않을 거고, 섭리와 신에 관한 생각이 얕으니 청하는 방법도 모르겠지?"

"그럴 리가!"

"못 믿겠으면 너도 직접 세상을 한 번 구해 봐. 그리고 신과 직접 소통해서 요구해 봐. 여기서 신격인 존재와 직접 대화 나눌 수 있는 사람이 있긴 해? 일방적인 명령이나 정신병으로 치부될 헛소리를 듣는 게 아니라 직접 뭔가 물어보고 대화 나눌 수 있는 자가 있긴 하냐고? 난 어릴 때부터 됐거든? 하물며 지금은 어떨까."

준후의 말에 모두가 입을 열지 못했다. 여기 모여 있는 자 중에는 단순히 수련한 사람이나 주술사, 초능력자도 있다. 하지만 대다수가 종교에 의해 힘을 얻은 자들이었다. 그중 몇은 계시를 받거나 이적을 행하는 자도 있었다. 그러나 그들 중 누구도 직접 자신이 믿는 존재를 친견(親見)했다고 확신하지는 못했다. 그냥 내려주는 힘을 받거나 암시적이고 은유적인 계시. 혹은 잘해야 사도나 천사급을 만난 정도였을 뿐, 직접 대화를 나눌 수 있는 자는 없었다. 그러나 준후는 달랐다.

"대답은 아주 간단해. 그래서 물어봤어. 그러니 된다더군. 누구든 세상을 진짜 구원하면, 세상에 대해 한 가지 정도는 뭐든 할 수 있는 권리가 생긴다고 해. 보통은 권하지 않지만, 인과응보의 원리 때문에 요구하면 들어줄 수밖에 없다고 하더라고. 그래서 얻어 낸 거야."

"그래서 얻은 게 고작! 세상을 다 부수는 힘이라고?"

"세상을 부수는 힘은 아니지. 그렇게 복잡하고 큰 것은 이루기 힘들어서 아주 작고 단순한, 물 분자 정도 돼야 통제의 권리를 얻을 수 있지. 다만……."

준후는 다시 웃었다.

"그 범위가 지구 전체 정도라는 거지. 단 한 번뿐이지만, 지구 전체의 인간을 구했으니 그럴 수 있는 거야. 뭐, 바다가 말라붙었다가 다시 돌아올 때까지의 과정은 좀 복잡하겠지만 지구라는 별 자체가 사라질 정도는 아니니 대수로운 것도 아니지 않아? 뭐, 너희들도 생각해 봐야 하니 시간은 주겠어. 오늘 내로야. 무슨 방법이든지 찾아내. 그러나 못하면, 그땐 끝이야."

사람들은 준후의 말이 사실일 경우를 저마다 상상해 보았다. 지구상의 모든 생물에는 물이 포함돼 있다. 이것만으로도 살아남을 생명체는 존재하지 않는다는 뜻이었다. 더구나 물 분자가 강제로 분리되며 흡열(吸熱) 반응을 일으킨다면 더 끔찍한 일이 벌어질 게 뻔했다. 주변의 모든 것이 극한으로 얼어붙을 것이다. 자연현상의 기본 법칙이 붕괴되고, 질서가 반전되기 때문이다. 더구나 지구에는 바다가 존재한다. 바다에 있는 방대한 양의 물이 일시에 수소와 산소로 분리된다면 지구상에 당장 있는 모든 에너지로도 부족할 수 있다. 최소한 지표면 전체는 완전한 죽음과 정지라고도 할 수 있는 절대 영도 상태로 떨어질 게 분명했다. 아무것도 그 안에서 살아남을 수 없을 것이다.

그렇게 준후도 죽거나 권능의 효력이 떨어지는 순간, 분리됐던 수소와 산소는 도로 결합할 것이다. 그 과정에서 흡수했던 열량이 한꺼번에 방출돼 지구에는 불바다의 지옥도가 펼쳐질 것이다. 그 후에 호우가 올지, 안 올지까지는 예측하고 싶지 않았다. 그럴 필요도 없었다. 단순한 물 분자의 결합에 작용하는 법칙 하나에 개입하는 것만으로도 모든 생물은 확실하게 사멸할 테니까. 이런 천문학적인 재앙 앞에서 살아남을 수 있는 뭔가는 절대 없었다.

준후는 더 설명하지는 않았지만, 사실 방금 보여 준 기술의 시작은 더 복잡했다.

원래 『해동감결』의 예언에서는 '말세에 임할 자'가 나온다고 돼 있었다. 나중에 퇴마사들은 그것을 따르지 않고 예언 자체를 없애 버렸지만, 그전까지 준후는 스스로를 희생해 '말세에 임할 자'를 연기해서 현암의 손에 죽으려 했었다.

하지만 생각만으로는 안 됐다. 정말 그럴듯해야만 했다. 준후는 섣부른 연기 정도로 박 신부나 현암을 속일 자신이 없었다. 더구나 자신의 미약한 힘으로 세상을 멸망시킬 자신도 없었다. 세상은 너무도 넓었고 인간은 너무도 많았다. 그것을 일시에 뒤엎을 힘이 있었다면 지금껏 고생하지도 않았을 것이다.

그래서 준후는 비록 실제 행하지는 않을 테지만 어떻게 해야 세상을 단숨에 멸망시킬 수 있을지 오랫동안 궁리해 왔다. 그러나 기존의 주술이건 뭐건 그럴 수 있을 만큼 거대한 힘은 없었다. 반대 입장에서 생각해 보면 인간은 정말 끈질기고 영리한 생물인 데다 사회나 세상도 결코 만만치 않았다. 핵전쟁을 일으킨다고 해도 인간을 정말 멸망시킬 수 있을지는 장담할 수 없었다. 심지어 악마들조차 그런 짓은 할 수 없었다.

그러나 종교적 초월 세계를 많이 접한 준후는 초월적인 방법, 즉 과학이나 기타 보통의 인간 능력으로는 결코 극복할 수 없는 섭리에 간섭할 수 있다면 그런 일이 가능할 것이라 생각했다. 그

대표적인 것이 바로 이런 물질의 기본 구성에 대한 통제권이었다. 물론 기본 섭리에 역행되는 것이기에 장시간 이것을 유지할 수는 없을 것이다. 그러나 특별한 상황에, 특별한 허락이 있다면 불가능까지는 아니라고 생각했다.

석가모니가 하늘 위를 걸어가고 구름 너머로 들어가서 수십 일 머물다가 도로 내려오는 등 대신통(大神通)을 보이고, 예수가 물 위를 걷고 오병이어(五餠二魚)의 기적을 보이며 마침내 죽은 이를 살리는 이적을 행할 수 있었던 것이 바로 이런 이유라 생각했다.

물론 양상만으로는 간단하게 속임수, 혹은 과학이나 주술로도 비슷한 흉내는 낼 수 있을 것이다. 하지만 원천적 섭리를 잠시 통제하는 것과는 비교도 할 수 없었다. 특히 어떤 형체를 지니거나 존재하는 것에 대한 양상은 흉내 낼 수 있을지 몰라도, 근본 원리가 변하는 것은 세상의 그 어떤 기술로도 막을 수 없었다.

그 때문에 준후는 만약에라도 통제가 가능해진다면 가장 근본적이고 본질적인 면에서 행해져야 한다고 생각했다. 그리고 그건 바로 물이었다. 물은 생명의 가장 기본이 되는 물질이었으니까. 그러나 물은 그 자체로 존재하지 않았다. 만약 물이 수소와 산소로 분리된다면 살아남을 수 있는 생명은 없었다. 더구나 강제로 해체할 때 일어나는 흡열 반응과 원상 복귀될 때의 발열 반응도 엄청났다. 어차피 물이 분해되는 순간 모든 것은 죽음을 넘어 해체돼 버리겠지만, 물 없이도 유지될 남은 문명의 잔해나 기술도 그런 극단적인 변화는 견딜 수 없을 게 분명했다. 모든 것이 사라질 것이다.

　준후는 잠시 그들에게 생각할 시간이라도 주려는 듯 더 이상 말을 하지 않았다. 그러나 그때, 앞에 모여 있던 군중 사이에서 총성이 일어났다. 더불어 주술 계열로 보이는 강력한 세 줄기의 공격이 준후를 향해 뻗어 나왔다. 준후의 위험성을 알게 되자 준후가 행동하기 전에 해치워 버리자는 심산이었을 것이다. 그런데 순간적으로 그런 선택을 한 사람이 최소 넷이나 됐다. 총성이 울리자마자 바로 주술 공격을 가한 것이다.

　총격 이후로 가해졌지만 몹시 빠른 공격이었다.

　그중 한 줄기는 순수한 주술이 아니라 철 목탁에 밝은 기운을 담은 매서운 공격이었다. 목탁만 보아도 용화교에 속한 자의 공격임을 알 수 있었다.

　다른 한 줄기는 칠흑같이 어둡고 음산함을 가득 담은 기운이었다. 아마도 아사신의 공격이었을 것이다.

　그리고 마지막 공격은 검은 해골 형상을 한 채 날아드는 괴기스러운 공격이었다. 한눈에 보기에도 칼키파에 속한 자의 힘이 분명했다.

　이 세 공격을 가한 자들의 공통점은 하나같이 잘못된 길을 따라 세상을 진정으로 위기에 빠뜨릴 뻔했던 자들이라는 것이다. 그들의 죄의식 때문인지, 혹은 입막음을 위해서인지, 아니면 준후가 진정으로 두려워져서 공격한 것인지는 알 수 없었지만.

　그러나 준후는 공격 자체만으로는 놀라지 않았다. 이 정도쯤은 준후도 예상하고 있었다. 이미 본색을 드러낼 때부터 준비는 돼 있었다. 그러나 그 직후 준후는 꽤나 놀랐다. 자신이 직접 손을 쓸 필요가 없었기 때문이다. 다섯 명이나 되는 능력자들이 준후의 앞을 가로막았던 것이다. 준후를 해치려 하는 자가 있던 만큼 그것을 예상하고 준후를 지키려는 사람들도 있었다.

그중 한 명은 청홍검을 든 무련이었다. 현암이 아라에게 청홍검을 건네주었으나, 아라가 아기들의 영혼에게 인질로 잡혀 있을 동안 무련이 그것을 간직하고 있었던 것이다. 그리고 그녀는 검술의 달인답게 날아드는 철 목탁의 공격을 베어 버렸다. 사실 주술력이나 법력이 거의 없다시피 한 무련이지만 현암조차도 인정할 정도의 무서운 검술 실력과 청홍검에 깃든 수많은 이의 염원으로 어지간한 철은 물론이고 주술까지 튕겨 낼 수 있었다. 세 가닥 공격 중에서 그녀가 막기 쉬운 공격인 데다 불교 계통인 용화교의 공격을 보자 무련은 더욱 분노한 채 공격을 막아 냈다. 그녀의 눈은 과거 검에 미쳤을 때 이상으로 불타오르는 것 같았다.

다른 한 줄기, 아사신의 공격을 막아 낸 것은 현현파의 근호와 오의파의 상곤이었다. 무리 중에서는 능력이 다소 떨어지는 편이었지만 퇴마사들과의 교분은 오래전부터 있었다. 그들의 뒤에는 실제로 힘은 없지만 두뇌 회전이 빠르고 명민한 승현 화상이 있었다. 승현은 준후의 말에 충격을 받았지만 한편으로는 이런 일이 벌어질 것을 예측하고 있었다. 그러나 그와 인연이 깊던 백제암의 사천왕은 외문기공이 전문이고 다수가 상처를 입은 상태였기에 말이 통하는 근호와 상곤에게 상황을 주시하라고 미리 언질을 주었던 것이다. 준후를 덮쳤던 공격은 강하고 잔인한 기운이었지만 미리 힘을 모아 대비했기에 주술을 아예 없애지는 못해도 방향을 틀어 쳐 낼 수는 있었다. 비록 강한 자들은 아니었어도 마음을 모았기에 성공한 것이다.

그리고 마지막, 칼키파의 공격을 막아 낸 것은 수아였다. 정확히는 수아의 정령들이었다. 수아는 너무 놀라 사태를 제대로 인지조차 못 하고 있었지만, 아이답게 항상 준후의 편이었다. 그런 수아의 뜻을 안 정령들은 준후에게 날아오는 칼키파의 무서운 공격에 달라붙어 공격 자체를 무화(無化)시켜 순식간에 없어지게 만들었다. 어쩌면 무련이나 상곤 등이 나서지 않았어도 정령들만으로도 모든 공격을 막았을지도 몰랐다.

수아는 아무 말 없이 울고 있었고 무련과 근호, 상곤은 공격을 쳐 내자마자 소리를 질렀다.

"용화교는 이 정도밖에 안 됩니까? 당신들이 정녕 불법을 따르는 자들입니까?"

무련의 외침과 함께 근호도 소리쳤다.

"책임지기 싫다는 거냐? 책임지게 해 주겠어!"

상곤도 덧붙였다.

"정말 거지 같은 놈들이구나!"

이렇게 다섯 명의 크고 작은 인연이 있는 사람들이 직접 나서서 준후를 지켰다.

이 모든 것은 순식간에 일어난 일이었다. 사실 이 일의 신호가 된 것은 준후를 저격한 총알이었다. 총기 지식이 있는 자들은 그 총소리가 바로 인근에서 들린 것이 아니란 점을 알았다. 총성 자체도 최소 12.7밀리미터 구경탄을 사용하는 저격총 이상급의 음향이었으며 그런 총을 사람들이 잔뜩 모여 있는 곳에서 꺼내 조준할 수 있을 리가 없다. 게다가 총알은 소리보다 빨랐다. 그러니 총성이 들릴 즈음에는 이미 총알이 날아든 상태라는 뜻이었다. 아무도 총알이 날아오고 있다는 걸 인지하지 못했으니 총알을 막아 낼 방법도 없었을 것이다.

그러나 준후는 태연한 자세로 가만히 서 있었다. 세 번의 주술 공격이 무위로 돌아간 이후에도 총성은 다시 들려왔다. 무련이나 상곤, 근호 등에게 어디서 날아오는지도 모를 총알을 감지해 막아 낼 능력은 없었다.

그사이 사격은 계속 이어졌다. 그것도 다섯 번이나 연속으로. 그리고 세 번째 저격부터야 사람들은 준후에게서 조금 떨어진 땅에서 흙이 튀어 오르는 것을 확인할 수 있었다.

"더럽게 못 쏘네!"

군중 속에서 누군가 투덜거렸다. 준후에게 저격을 가한 것은 모두가 확인했지만, 하나도 맞지 않았기에 하는 말이었다. 그때 준후의 앞을 막아서며 유령처럼 순식간에 나타난 인물이 있었다. 바로 해밀턴이었다.

그는 이미 왼손으로는 한 남자의 멱살을 거머쥐어 인형처럼 가볍게 들고 있었고, 오른손으로는 이미 반쯤 부서져 버린 바렛(Barrett) 저격총을 들고 있었다. 해밀턴의 능력으로 총은 단숨에 꺾인 상태였으나, 그자가 준후에게 저격했다는 증거를 보이기 위해 굳이 들고 온 것이다.

해밀턴은 그자를 뭇사람들이 보는 앞에서 땅에 거의 반쯤 박혀 버릴 정도로 거칠게 메어꽂았다. 그것도 모자라 부서진 저격총을 그자에게 거침없이 던져 다시 한번 비명을 끌어냈다. 그리고는 무서운 눈빛으로 말했다.

"너희가 감히 이런 짓을 해? 예전의 나였다면 너 같은 건 그냥 두지 않았을 것이다."

해밀턴은 그자의 머리칼을 사정없이 잡아 치켜올리고 얼굴을 들이대며 눈을 부릅떴다.

"아마 손끝부터 꼼꼼하게 밟아서 천천히 죽였겠지. 모두를 위해 희생한 박 신부님을 생각해서 참는 거다. 그분이 아니었다면 반드시 그렇게 했을 거다. 아니……."

해밀턴은 그자의 얼굴을 다시 땅에 처박곤 번개가 뿜어져 나올 것 같은 무서운 눈빛으로 주위를 둘러보며 말했다.

"…… 여기 모인 쓰레기들 모두를!"

과거 방황하는 유대인, 아하스 페르츠 시절의 해밀턴은 최고의 공포로 군림했던 존재였다. 그는 무엇으로도 죽지 않고, 모든 법칙까지도 무력화시키며 이천 년 이상 누구의 공격에도 눈 하나 깜짝하지 않았던 공포 그 자체였다. 물론 지금은 박 신부의 감화로

아하스 페르츠의 인격은 소멸되고 해밀턴의 인격만 남았지만. 그
래도 그가 지닌 힘과 불사의 조건은 여전했고 그가 분노하는 것은
누구에게라도 두려운 일이었다. 무표정하고 권태에 찌들어 사람
을 벌레 죽일 듯할 때가 더 두려웠을 수는 있지만 지금 생생하게
직접 분노를 표출하는 모습을 앞에 두고 마음이 오그라들지 않는
자는 한 명도 없었다. 모두가 나름대로 이쪽 세계에 발붙인 능력
자들이었기에 위압감은 더욱 강했다.

그런데 해밀턴은 더 이상 잡아 온 자를 건드리거나 뭔가 묻지도
않았다. 그는 준후를 한 번 힐끗 돌아보더니 사람들을 향해 말했다.

"나에 대해서는 다들 알 거라 믿는다. 그런 내가 단언하건데, 이
제 장준후는 절대 죽일 수 없는 존재가 됐다. 마치 나처럼! 그러니
섣불리 건드리지 말란 말이다!"

그 말에는 다소의 웅성거림이 따라왔다. 해밀턴 하나만도 부담
스럽기 그지없는데 준후까지 그렇게 됐다는 걸 믿을 수 없어서였
다. 그러자 해밀턴이 곧바로 말했다.

"증거를 보여 주지!"

그러면서 해밀턴은 갑자기 입고 있던 상의 어깨 부분을 단숨에
찢어 어깨부터 팔까지 맨몸을 드러냈다. 이천 년을 살아왔다고는
믿을 수 없을 만큼 잔흉터 하나, 흠집 하나 없는 말끔한 피부가 보
였다. 그러나 그보다도 사람들의 눈길이 꽂힌 것은 해밀턴의 어깨
쯤에서 소용돌이치고 있는 손바닥 정도 크기의 검은 원이었다.

"저건!"

모두가 아는 것은 아니었지만 그것의 정체를 알아보는 사람이 있었다. 그리고 그것은 사람들로부터 탄식과 경악으로 가득한 외침을 끌어냈다.

"블랙 서클!"

한때 세상을 휩쓸고 수많은 사건을 일으켜 마침내 지옥문까지 열려고 했던 블랙 서클의 난동은 세상의 일반인들에게 거의 비밀에 부쳐졌지만 세월이 지난 후 능력자들 사이에서는 전설처럼 알려져 왔다. 그런데 단순히 명칭일 뿐만 아니라 그 단체의 상징이라고 할 수 있는 블랙 서클이 아하스 페르츠였던 해밀턴에게 있다니?

그때 로파무드가 힘겹게 나섰다. 아직도 로파무드는 몸을 잘 움직일 수 없는 상태라 울고 있는 수아를 달래는 역할밖에 못 했지만 그래도 이것만은 설명해야 했다.

"이상한 음모론이 나올까 봐 확실히 밝혀 둡니다. 저건 제가 해밀턴 님께 드린 겁니다. 조금 전에 말이지요."

곧바로 군중 속에서 격렬한 반응이 터져 나왔다. 지금은 물론 구원자와 징벌자 문제 때문에 세상이 위기를 맞았던 참이지만 과거 블랙 서클이 초래한 위기도 여파는 컸다. 의문이 나올 수밖에 없었다.

"무슨 속셈이냐?"

그러자 해밀턴이 크게 대답했다.

"속셈은 없다! 이게 맞는 길이니 이런 것뿐이고!"

"이게 불사성과 무슨 상관이 있다는 거지?"

군중 속 누군가의 외침에 로파무드가 대답했다.

"저는 전생에 블랙 서클을 만든 자인 마스터였습니다. 그가 죽고 난 후 영혼이 정화돼 환생한 것입니다. 물론 과거 같은 미친 짓은 하지 않을 겁니다만."

그 말 그대로였다. 마스터가 죽고 난 후, 그의 영혼은 영혼 없는 상태로 숨만 붙어 있던 로파무드의 몸에 안착된 상태였다.

"그게 무슨 상관이냐고!"

반발하는 목소리가 나오자 로파무드는 다시 말했다.

"물론 과거의 일입니다만, 마스터는 남이 가진 능력을 흡수하려는 욕심을 가졌어요. 그래서 악마와 협력해 만들어 낸 게 블랙 서클입니다. 블랙 서클을 상대의 몸에 심어 영혼은 악마에게 넘기고, 원주인이 가졌던 능력은 흡수하려는 의도였죠."

"그럼 네가 그 힘을 써서 해밀턴의 능력을 가졌단 거냐?"

경악한 누군가가 외치자 다른 자가 의아하다는 듯 말했다.

"그런데 해밀턴은 죽지 않았잖아!"

그 말에 로파무드는 억지로 힘을 짜내어 최대한 크게 소리쳤다.

"이 블랙 서클은 더 이상 악마와는 관련 없습니다! 영혼을 빨아들이거나 누군가를 죽음에 이르게 하지도 않습니다! 이건 원래의 블랙 서클에서 다른 이에게 능력을 옮길 수 있는 부분만 남겨 새롭게 만들어 낸 겁니다!"

"그럼 남의 능력을 마음대로 앗아 간다는 건가?"

다시 질문이 나오자 로파무드는 고개를 저었다.

"마음대로 능력을 빼앗는다면 엄청나게 무서운 것이겠지요. 그러나 그런 부분은 없습니다. 애초부터 그건 불가능합니다. 기꺼이 마음으로 승낙해야만 능력을 넘길 수 있습니다. 신비하지만 결국은 남을 가르쳐 능력을 전수하는 것과 다를 바가 없어요! 다만 순식간에 능력을 옮길 수 있다는 정도일 뿐입니다!"

로파무드는 여기까지 말한 뒤 중얼거리듯 덧붙였다.

"처음에는 이해하지 못했습니다. 제가 마스터라는 악인의 환생이라는 것도 몰랐었고, 받아들이고 싶지도 않았어요. 그런데 다른 모든 능력을 잃어 새로 배우기 시작했을 때 이 블랙 서클만큼은 영혼에 달라붙은 것처럼 따라왔어요. 가장 흉측한 기술만이 달라붙어서 제 과거의 악업을 일깨우면서 저를 고통스럽게 해 왔었습니다. 그러나……."

로파무드는 한 줄기 눈물을 흘리며 약간 웃어 보였다.

"…… 결국은 카르마와 다르마의 순환이었어요. 가장 악한 의도로 만들어진 기술로 저의 마음을 경계하게 하고 벌을 주면서도, 결국은 이렇게 가치 있게 쓰이도록 카르마가 작용했다고 저는 믿습니다. 결국…… 결국 저는 마음의 평화를 얻은 것 같습니다. 카르마의 섭리에 감복하는 바입니다."

그러자 또 다른 의문이 쏟아졌다.

"그러면 준후가 불사가 됐다는 건 어떻게 된 거지?"

이번에는 해밀턴이 당당히 나서며 외쳤다.

"그래! 내가 준 거다! 이 이야기를 듣자마자 로파무드에게 나 스스로가 청했고, 이미 조금 전에 준후의 의지와 상관없이 내가 얻은 능력을 넘겨준 것이다!"

그러면서 해밀턴은 어이가 없다는 듯 웃었다.

"그런데 정말 될 줄은 나도 몰랐다. 이건 보통 주술이 아니다. 세상의 근본 질서를 왜곡하는 힘이기에 넘겨줘도 감당하지 못 하거나 못 받을 수도 있다고 생각했지. 그런데 성공했어. 봐라. 저격은 나름 정확했겠지만, 모조리 물리 법칙을 넘어서 엉뚱한 곳에 박혔다. 나를 쏜 것이나 마찬가지의 결과가 나온 거다! 그게 무슨 뜻인지 알겠나?"

"무슨 뜻이라는 거요?"

그 말에 해밀턴은 거만하게 웃어 보이고는 대답했다.

"자존심이 약간 상하긴 하지만, 준후가 얻은 질서의 통제력이 나보다도 강하다는 뜻이지!"

"그건 말도 안 되오! 당신은 이천 년 이상 살아온 자이고 대주술사 시몬 마구스의 영력으로 그렇게 된 것이지만, 준후는 아직 젊은데……."

그때 해밀턴은 웃던 얼굴에 입꼬리를 끌어 올리며 더욱 섬뜩한 미소를 지었다.

"그 이유를 말해 줄까? 바보 같은 너희들이 깨달을 수 있도록?"

해밀턴은 미소를 거두고 강하게 말했다.

"그래. 준후가 백 년에 한 명씩 나올 수준으로 영리한 건 맞지만, 능력은 나보다 떨어진다. 게다가 쌓아 온 힘도 이천 년간 수행한 나에게는 어림도 없다! 오히려 세상에 나왔던 모든 능력자 중에서 자질은 시몬 마구스가 가장 강했을지도 모른다. '순수한 인간'으로서는 말이다."

해밀턴은 의미심장한 표정을 지으며 말을 잠시 끊고 주변을 둘러보았다.

"그러나…… 나도 시몬 마구스도 세상을 구한 적은 없었다! 아니, 이전의 내가 세상을 없애려고 얼마나 발버둥 쳤었는지 아는 녀석들은 다 알 거다! 그리고 시몬 마구스도 마찬가지다! 능력은 내가, 시몬 마구스가 더 강하다! 그러나 우리는 가장 기본적인 우주의 원리, 인과에 빚을 지울 정도의 행동을 한 적이 없다! 그러나 준후는 그런 적이 있는 거다! 그리고 모르는 자들이 많은 것 같은데, 퇴마사들은 이미 여러 번 세상을 구하는 데 큰 역할을 했지! 그리고 가장 결정적인 것이 바로 오늘 일어난 일이고! 인과마저도 기울어질 정도로 우리는, 세상은 퇴마사들에게 빚을 진 거다! 그러나 남은 건 준후 한 명뿐이고, 그 모든 게 집중돼 이런 결과가 생긴 거다!"

해밀턴은 다시 한번 더 힘주어 말했다.

"여기서 누구보다 오래 살았고 누구보다 깊이 체험했던 내가 단언한다! 준후는 이제 초월의 경지에 들어갔어! 나나 시몬 마구스보다 능력은 부족해도, 준후는 그럴 자격이 있다는 거다! 그렇기에 정말 스스로 말한 것처럼 준후는 세상을 순식간에 분해하고,

얼려 버렸다가 불태우는 완전한 멸망으로 이끌 수 있을 것이다!"

그러면서 해밀턴은 살짝 한숨을 쉬었다.

"과거의 내가 이런 방법을 생각했더라면…… 아마 여기 남아 있는 인간은 없었겠지. 그래서 나는 겨우 이 정도인지도…… 결국은 저 녀석이 나보다 낫군."

해밀턴이 어딘가 허탈하게, 심지어는 질투하는 것 같은 표정으로 말을 잇자 사람들은 비로소 그 말을 믿을 수 있게 됐다. 다른 자도 아니고 가장 오래되고 가장 강했던 자, 심지어는 예수님을 직접 본 적까지 있던 자가 이렇게 말하니 믿지 않으려야 믿지 않을 수가 없었다.

그때 용화교의 제자 한 명이 크게 외쳤다.

"그럼 당신은 왜 그런 거요? 저 녀석이 대놓고 세상을 멸망시켜 버리겠다고 하는데, 왜 저 녀석 편을 드는 거냔 말이오!"

그러자 해밀턴이 무섭게 일갈했다.

"머리만 밀었다고 승려냐? 너 같은 쓰레기 때문에 세상이 이 지경이 된 건데, 아직도 깨닫지 못하고 입을 나불거려?"

다른 사람도 아닌 인류 최강자인 해밀턴의 일갈에 그는 너무 놀라 엉덩방아를 찧으며 주저앉아 버렸다. 해밀턴은 당장이라도 그 자를 가루로 만들어 버릴 기세였으나 결국은 몇 번 심호흡까지 하며 다시 참아 냈다.

"너희들, 잘 생각해 봐라. 준후가 무조건 세상을 멸망시킨다고 했나? 분명히 조건이 있었지 않느냐! 그런데 왜 그 말은 안 듣고 무조건 공격부터 하는 거지? 그게 통할 것 같나?"

해밀턴에게 잡혀 와 땅에 쓰러져 있던 자는 입에서 피를 한 번 뱉으며 이를 악물고 외쳤다.

"당신이 다 망쳤잖소!"

"그 알량한 총알이 정말 통했을까? 아니, 설령 통했다고 쳐도, 준후가 아무 준비 없이 저런 소리를 했을 것 같나? 자신이 죽는 순간에 자동적으로 저 능력을 쓰게 해 놨다면?"

"죽으면서 그런 힘을 끌어낼 수는 없잖소!"

"이해조차 못 하고 있군! 너 같은 버러지라면 그렇겠지. 너는 여전히 어설프게 끌어낸 힘과 섭리에 의한 힘을 구별 못 하고 있다. 날 생각해 봐라. 주변의 어떤 공격을 받아도 나는 조금의 힘도, 신경도 쓴 적이 없다. 주변이 알아서 나를 죽지 않게, 아니, 죽을 일이 생길 수 없게끔 하지! 이런 게 바로 섭리에 의한 힘이다. 지금 이 순간에도, 준후는 마음만 먹으면 그 생각, 아주 작은 의지의 한 끝자락만으로도 말한 것처럼 지구 전체를 쓸어버릴 수 있다! 그런데 어설픈 짓을 해?"

그러자 무련이 합장하며 울먹였다.

"설령 준후 시주가 그런 결정을 내리더라도 받아들여야 한다고 생각합니다. 저 자신을 포함해서요."

앞서 나섰던 근호와 상곤도 차례로 입을 열었다.

"저도 어쩔 수 없다고 생각합니다. 솔직히 너무도 부끄러워서 죽고 싶은 심정입니다."

"나는 솔직히 죽고 싶지는 않습니다. 다만 그렇다고 피해자인 준후를 죽이려는 짓만은 두고 볼 수 없었소이다."

수아는 계속 울고 있었지만 그녀를 다시 받아 안은 로파무드가 말했다.

"저는 카르마를 믿습니다. 블랙 서클도 신의 안배였다면, 무언가 길이 있을 것이라 믿습니다."

해밀턴이 다시 한번 쐐기를 박듯 말했다.

"일단 모든 걸 순리대로 풀지 않아서 이번 일이 일어났다는 걸 잊지 마라. 애당초 우리가 아무것도 하지 않았다면 구원자나 징벌자는 알아서 상쇄됐을 테고, 이런 희생들도 없었을 테지! 우리는 시험에 든 것이고, 그 시험을 못 이길 뻔한 거다! 마구잡이로 살생이니 희생이니 맘대로 내모니까 악에 빠진 거라고! 또 그 꼴을 보고 싶은 건가?"

하겐이 다시 차분한 표정을 지으며 정중히 말했다.

"해밀턴 씨의 의견에 찬성하오. 오히려 준후를 보호하는 것이 더 맞았던 거요. 그리고 무작정 준후를 적대시하기보다는, 그와 타협해야만 한다고 생각하오. 본질적으로 인정할 건 인정하는 게 맞을 테니 말이오."

하겐의 말은 아직 마음의 결정을 내리지 못한 상당수가 사태를 제대로 이해하는 데 큰 도움이 됐다.

"유럽에서 명망 높은 이유가 있었군. 알아주니 고맙군."

해밀턴이 웃으며 대답하자 칼키파의 수장쯤 돼 보이는, 복면을 쓴 범상치 않은 분위기의 남자가 처음으로 입을 열었다. 거친 악센트가 담긴 영어였다.

"타협이라면 죽은 사람을 살려 내라는 것 말인가?"

그러자 해밀턴이 대답했다.

"준후가 바라는 게 그것이니, 어떻게든 방법을 찾아야지!"

이번에는 용화교의 제자 하나가 합장하며 뭔가 말하려 했지만, 해밀턴이 무섭게 쏘아보는 바람에 기세에 질려 입도 열지 못했다. 사실 이제 준후를 적대시하자는 주장은 눈에 띌 정도로 힘을 잃어 준후를 공격하려 했던 자들은 입조차 열 수 없게 돼 가고 있었다.

그러자 어색한 분위기를 어떻게든 전환시켜 보려는 듯 현현일로가 말했다. 사실 그는 좀 편협한 사람이었지만 그동안 쌓은 도력이 있어서 지금의 사태 정도는 이해할 수 있었다.

"그런데 아쉽지만 그게 안 되네. 비슷한 술법은 어떻게든 있기는 해. 아주 금기시되긴 해도, 시도해 볼 방법이 없는 건 아냐. 그렇지만 이미 다 늦어 버렸어. 영혼이 아주 떠나 버려도 안 되고, 무엇보다 그릇이 될 육체가 있어야 한다고! 그게 다 온전해도 성공할까 말까인데, 아예 몸이 다 부서져 없어진 사람을 살려 낼 수는 없어!"

그러자 현현이로도 말했다.

"이런 젠장! 형님, 거짓말 좀 하지 마쇼! 애초에 그건 심장에 전기 충격인가 줘서 살리는 거나 다를 바 없을 때 되는 거고! 혼이 떠나면 그냥 끝이잖소! 억지로 움직인다고 해도 살아 있는 척 흉내만 낼 뿐이잖소! 강시나 좀비나 뭐 그런 건데, 뭐든 간에 준후가 바라는 건 아니잖소!"

현현일로는 현현이로의 말에 불만스럽게 그를 노려보았지만, 현현이로는 지팡이로 땅을 쿵쿵 내리치며 고개를 설레설레 저었다.

"아, 입은 비뚤어져도 말은 바로 해야지! 인간의 능력에는 제한이 있는 법인데, 그게 된 사람은 진짜 신통에 달한 대성인들밖에 없어! 그리고 몸이 아예 박살 난 경우는 그분들도 안 될 건데, 아마?"

그러면서 현현이로는 해밀턴과 준후를 번갈아 보면서 말했다.

"저분도! 초월 경지에 들어간 준후도 못 하는데 우리가 어떻게 하라는 거요!"

가만히 침묵하고 있던 준후가 비웃듯 말했다.

"그래. 그 말이 맞을지도 몰라. 나도 그건 못 하니까."

현현이로는 준후를 무섭게 쏘아보며 말했다.

"그러면서 세상 전체를 걸어? 원, 세상에 저렇게 제멋대로인 구세주는 처음 봤네그려."

준후도 지지 않고 말했다.

"내가 왜 제 멋대로가 됐을까?"

"뭐?"

준후는 이를 악물고 고함을 쳤다.

"그러니 그분들을 살려 내란 말이야!"

그리고 준후는 조금 명한 표정이 돼 중얼거렸다.

"지금이라도 그분들이 다시 오셔서 한마디만 하면, 나는 아무 짓도 하지 않을 거야. 그분들이 하지 말라고 하시면, 난 이전처럼 모든 힘을 세상을 구하는 데 쓸 거야. 희생하라면 희생도 하겠어! 그러나 그분들은 이제 안 계신다고! 누가 나를 말릴 건데? 내 마음을 누가 움직일 수 있는데? 미워 죽겠어! 왜 그분들이 죽고 너희만 살아 있는 건데? 이게 세상의 섭리야? 이따위가 인과의 법칙이냐고? 죽어야 하는 건 너희들인데! 난 이런 그릇된 인과, 받아들일 수 없어! 내게 주어진 권리로 반드시 복수할 거야! 그러니……."

준후는 다시 언성을 높여 절규하듯 고함을 쳤다.

"그분들을 살려 내라고!"

그러자 칼키파 수장이 묵직하게 말했다.

"불가능하지만, 만약 그렇게 된다면 어쩌려는 거냐?"

"그것 말고 원하는 건 없어."

"그들과 같이 불사의 존재라도 되려는 거냐?"

"그런 것은 필요 없어. 내가 바라는 건 아주 간단해. 그분들이 인간답게, 편하게 여생을 보내는 것. 단 하나뿐이라고!"

"그런……."

"고작 그런 거라고 말하고 싶어? 그래, 그거야. 다른 건 꿈꿔 본 적도 없어. 오로지 남만 위해서 모든 걸 다 바쳤다고. 그 흔한 게으름 한 번 변변히 부린 적 없고, 인간이 겪을 수 있는 고통이란 고통은 다 겪으며, 평범한 인간이 누릴 수 있는 것조차 단 한 번도 누린 적 없어! 그런데 모든 희생을 그분들이 다 지셨어! 난 그게 싫어! 그게 자연스럽고, 세상의 이치라면 이런 세상은 존재할 가치가 없어! 두말하지 않겠어. 그분들 살려 내. 살아서 세상에서 못 다 한 시간을, 행복하게 누리는 걸 보는 게 내 소원이야. 그걸 위해서라면 무엇도 아깝지 않아! 그것 하나 못하고 희생만 강요하는 세상이라면 사라져야만 해!"

준후는 다시 크게 부르짖었다.

"그러니 살려 내라고! 어떻게든 살려 내란 말이야!"

준후의 외침은 사방을 마치 폭풍처럼 휩쓸고 지나갔다. 현현이로조차도 움찔할 정도였다. 현현일로는 혼자 중얼거리기까지 했다.

"그래서 우화등선이 나온 거구만. 정말 득도하면 세상이 감당 못 할 정도로 커지니…… 이제야 이해가 되네."

현현일로의 중얼거림은 작았지만 이것도 준후에 대한 생각을 되살피게 되는 계기가 됐다. 사실 도교나 선도, 불교에서도 이런 가르침은 전통적으로 이어져 왔다. 우화등선, 등선, 해탈이라는 이름으로. 관념적으로는 알고 있었지만, 막상 한 인간이 득도해 변화하는 걸 실제 눈앞에서 보고 나니 이런 초월 존재가 얼마나 무서운지도 알 수 있었다. 그야말로 세상 전체를 쥐고 흔들 뿐만 아니라 삽시간에 멸망시킬 수도 있게 되다 보니, 세상을 저절로 멀리할 수밖에 없는 것이다. 준후처럼 소박한 바람이나 분노도 자칫 큰 위험이 될 수 있기 때문이다.

그렇더라도 문제는 해결되지 않았다. 준후는 오로지 부활이라는 한 가지 목표만 집요하게 요구하고 있었다. 다른 해결책은 없었다. 그러나 완전히 육신이 가루가 된 퇴마사들을 되살리는 방법

따위는 없었다. 잘해 봐야 현현이로의 말처럼 일종의 강시나 좀비 비슷한 것을 만들 수 있을 뿐, 절대 준후가 요구하는 평범한 생활을 할 수 있는 존재로 만들 방법은 없었다. 예수님이나 석가모니가 당장 나선다면 모르겠지만, 그런 기적은 지금 바랄 수 없었다.

많은 능력자가 모여 있었지만 정적만이 감돌았다. 그러자 몇몇 사람들은 지금껏 아무 말도 않고 있는 준호와 아라에게 눈을 돌렸다. 굳이 따지자면 준후를 제외하고 이번 말세의 위기를 막은 공은 이들에게 있었다. 희생까지 치러 가며 가장 문제가 될 수 있는 아기들의 영혼을 달랬기 때문이다.

허나 그들은 아무 말도 하지 않았다. 아라는 계속 울고 있었고 준호는 창백하지만 침울한 표정으로 명상 자세만 취한 채 동상처럼 앉아 있었다. 준호는 이제 앞을 볼 수 없으니 사람들의 시선을 알 수 없었지만, 아라는 사람들의 시선을 의식하고 곧 빽 소리를 질렀다.

"뭘 봐! 그런다고 너희 편 들어주지 않아! 난 절대로! 죽는 한이 있어도 준후 오빠 편이야!"

준호도 아라의 말에 상황 파악이 끝났는지 무거운 어조로 천천히 말했다.

"저도 마찬가지입니다. 저는 무슨 일이 있어도 사부와 함께할 겁니다."

이 둘은 무슨 일이 있어도 준후의 뜻을 따를 것이 확실해 보였다. 준후를 설득해 달라고 청해 보려던 자들은 굳은 그들의 의지

표현 앞에 말문이 막혀 버렸다. 준후도 몸을 떠는 와중에 간신히 참고 시간을 주려는지, 더는 아무 말도 하지 않고 기다려 주었다. 그리고 또 한참의 침묵이 흘렀다.

그때 분위기에 어울리지 않는 누군가의 소심한 목소리가 사람들 사이에서 흘러나오며 침묵을 깼다.

"저…… 실례합니다만……."

침묵이 이어지던 중이라 뭇사람들의 눈길은 자연스레 그리로 향했다. 그곳에는 원래 그 자리에 있었지만 아무도 관심을 보이지 않던, 그야말로 아무런 능력도 없는 평범한 일반인 세 명이 모여 있었다.

그들은 바로 승현과 시타 교수, 그리고 황달지 교수였다.

승현은 능력은 없더라도 백제암의 사천왕을 이끄는 리더였으며, 합리적인 발언도 자주 하고 분위기도 이끌던 인물이었지만 시타 교수와 황달지 교수는 그야말로 일반인 그 자체였다. 이 자리에 있는 것도 인질로 끌려온 것이지 자발적으로 참여한 자들도 아니었다. 그렇기에 대부분은 고개를 갸우뚱했지만, 시타 교수는 헛기침을 몇 번 하고는 용기를 내어 말했다.

"저희는 여러분 같은 능력은 지니지 못한 사람들입니다만…… 그래도 뭔가 해야 할 것 같아서……."

"당신들이 뭘 할 수 있겠소?"

몇몇 사람은 대놓고 핀잔까지 주었지만, 시타 교수는 다시 한번 심호흡까지 하고서는 용기를 내어 말했다.

"될지 안 될지는 장담 못 합니다만, 한 가지 시도해 볼 만한 방법이 있는 것 같아서요."

그 말에 모두의 시선이 대번에 시타 교수를 향했다. 많은 사람이 그에게 무슨 방법이 있냐고 묻기 시작했다. 그러자 시타 교수는 조금 당황한 듯 다시 헛기침을 하다가 마침내 입을 열었다.

"과거를 거슬러 올라간다면…… 해결될 수도 있지 않을까요?"


## 시간 역행

"말도 안 돼!"

시타 교수의 말이 나오자마자 대부분은 이런 반응을 보였다. 어쩌면 당연한 것이었다. 공상 과학에서나 나오는 것이 실제로 가능하다고 여기는 사람은 없었다. 그러나 시타 교수는 이어서 말했다.

"물론 가능성은 낮습니다. 그러나 그렇게까지 불가능한 일은 아니라 생각합니다."

"그게 어떻게 가능하단 거요? 차라리 부서진 인간을 되살리는 편이 나을 것 같은데?"

"사실 물리학적으로도 시간과 공간은 연결돼 있으며, 시간도 하나의 개념일 뿐이라 역행하는 것이 불가능하지 않다는 견해가 나오고 있어요. 시간 역행 자체는 이론적으로는 가능한데 실질적 문제 때문에 어렵다는 것이죠."

시타 교수의 주장은 단순한 망상이 아니었다. 실제로 물리학계에서 이루어지는 이론을 어느 정도 배경으로 하고 있었다. 그리고 황달지 교수도 이 의견에 동조했다. 둘 다 물리학이 전공은 아니었지만 어느 정도 식견은 지닌 사람들이었다. 거기에 학승(學僧)인 승현이 가능성을 제기하면서 이 방법이 가능할지도 모른다는 판단을 내린 것이다.

시간이 단순한 인식대로 흘러가는 것이 아니라 공간과 연결돼 연속체적으로 작용한다는 이론부터, 이를 뒤집어 과거로 가는 것이 실질적으로도 완전히 가능성 없는 일은 아니라는 것이다. 실제로 천문학적 관점에서도 웜 홀(Worm hole)과 화이트 홀(White hole)이라는, 측정조차 불가능한 거대한 중력이나 기타 힘의 관계 아래에 있는 특이점에서는 시간 차원을 넘나들 가능성도 있다는 이론도 나오고 있었다.

"물론 이를 실행하기 위해서는 지구 차원을 넘는 천문학적 단위의 막대한 에너지가 필요합니다. 이것은 바로 상대성 이론과도 연관되는 질량 문제가 큰 걸림돌이 되기 때문이죠. 시간 역행이 가능해지려면 특이점이 발생되는 광속의 기준을 넘어서는 조건이 필요할 것 같습니다. 상대성 원리에 의하면 속도가 올라갈수록 질량은 증가하게 되므로……."

시타 교수와 황달지 교수는 번갈아 이론적인 부분을 설명하려 했다. 그러나 모인 이들은 이런 분야에서는 결코 박학하지 않았다. 그래서 결국은 하겐이 나서서 이론 부분은 생략하고 조건만

간략하게 추려 달라고 요청하기에 이르렀다. 결국은 승현이 나서서 교수들의 이론을 간추려 정리했다.

"정리하자면 시간 역행은 원래로서는 힘든 일입니다. 이에 관해 조금 줄여서 설명하자면 큰 요인이 세 가지 있습니다. 첫 번째는 질량 문제입니다. 무게가 조금이라도 나가는 것은 물리 법칙을 벗어날 수 없기 때문에 일단 시간 역행이 가능해지는 특이점까지 가는 것이 거의 불가능합니다. 즉 육신이나 물건을 지닌 채로 과거행을 시도하는 것은 너무도 큰 힘이 필요하다는 거죠."

"그냥 안 된다는 것과 뭐가 다르지?"

누군가가 말하자 승현은 합장하며 말했다.

"그러나 영혼이라면요?"

"영혼은 무게가 없으니 그럴 수도 있겠군!"

처음으로 동조하는 사람이 생겨났다. 그러나 반대 의견도 있었다.

"영혼도 어쨌든 세계에 속한 것이니, 지극히 가볍다고 해도 무게가 없다고 볼 수 있을까?"

그러자 승현이 답했다.

"어쨌건 극히 작은 무게만 가졌다면, 적어도 육신을 지닌 상태보다는 쉽지 않겠습니까? 사실 그 누구도 영혼의 실체를 과학적으로 규명하려고 하지는 않았지요. 그러나 일단 무게가 없거나 거의 없다는 것은 첫 번째 조건에서 그만큼 유리한 겁니다."

황달지 교수도 애써 동조했다.

"실제로 시간 역행 실험은 아주 가벼운 소립자(素粒子, 현대 물리학에서 물질을 구성하는 가장 기본적 단위로 설정된 작은 입자)를 통해 시도되고 있소. 영혼이 그런 소립자들이나 플라스마(Plasma)로 이루어져 있다면 가능할지도 모른다는 거요."

승현이 다시 주장을 이어 갔다.

"그리고 일반인들과 달리, 여기 계신 분들은 갖가지 초능력을 지녔습니다. 심지어는 과학적으로 제어할 수 없는 중력을 이용하거나 조절하는 분도 계시고, 전자기적인 힘을 번개의 힘으로 이용하는 분들도 계십니다. 비록 경험적이고 특이한 것이라 과학처럼 보편적으로 이용할 수는 없다 쳐도, 분명 이러한 특수 조건에 도움이 되는 기술을 가진 분도 계실 것입니다. 그것만으로도 저는 상당히 희망적일 수도 있다고 감히 판단합니다만."

그러자 의외로 비협조적일 것 같았던 아사신파에서 한 사람이 나섰다.

"우리는 원래 암살 능력을 주로 삼았기에 스스로 몸을 가볍게 하거나 잠깐이라도 중력의 속박에서 벗어나는 비전이 있긴 하오. 정말 도움이 된다면 내어 드릴 용의도 있소."

그들뿐 아니라 다른 종파에서도 어쩌면 도움이 될지 모르겠다며 제안하는 자들이 속속 나왔다. 그에 모두는 아니었지만 마음이 흔들리는 자들이 점점 많아졌다. 물론 해밀턴과 준후의 위협 때문이기도 했지만, 어쨌든 이들도 이것으로 멸망 내지는 큰 위험을 막을 수 있다면 가릴 수가 없어진 것이다. 거기에 아주 희박하게나마 이론적으로도 가능성이 있는 방법이라니 더더욱 그랬다.

승현은 주위를 정리하고 다시 깔끔하게 내용을 이어 갔다.

"그리고 두 번째 문제는 그렇게 막상 영혼의 상태로 가더라도 과거에 같은 영혼이 이미 존재한다는 불합리의 문제입니다. 비록 영혼의 질량이 없거나 극도로 약해도 존재가 중복되는 일이 허용될까에 대해서는 섣불리 예측할 수 없습니다. 실제 과학적으로 이 문제를 해결한다는 건 몹시 어렵겠지요. 그러나 이와 비슷한 초능력이라면, 이미 많은 분이 지니고 계실 겁니다. 존재를 나누거나 영을 이탈시키거나 분리하는 능력 말입니다. 나아가서는 영을 보호하거나 남에게 빙의하는 방법 등으로 어느 정도 불합리를 막을 수 있다고 보입니다. 상당히 많은 수법이 이런 능력에서 파생되는 것으로 알고 있습니다만."

"그러니까, 불합리를 피하기 위해 준후가 과거에 존재하는 준후의 몸으로 빙의된다면 가능해진다는 겁니까?"

"그렇습니다. 육체가 필수라 생각한다면 이건 불가능해지죠. 합해질 수 없으니까요. 즉 아직까지 과학으로는 넘을 수 없는 불합리입니다. 그러나 영혼은 가능합니다. 일반 과학으로는 안 되지만, 우리 세계에서 영혼이 남에게 들어가서 빙의하는 일은 흔합니다. 그렇게 자신 스스로의 몸으로 들어가게 된다면 이런 불합리를 최소화시킬 수 있을 것입니다. 결국 당사자가 스스로 행동한 셈이 되니까요."

"영이 겹치면서 발생하는 문제는? 그것도 만만치는 않을 텐데요?"

그 말에 승현은 간단히 답했다.

"준후 시주는 초월 세계에 들어가기 전에도 강한 능력을 지녔습니다. 이전의 영혼에 대한 방어력도 상당히 크겠지요. 그러나 초월에 접어든 준후 시주의 영혼이 더 강하기 때문에 가능할 것이라 봅니다. 근본적으로는 같은 영혼이기에 거부 반응도 적을 테고요. 쉽게 말해 강제로 빙의해서 원래 영혼을 잠시 억누른 채 행동하면 될 것이라 보입니다."

그러면서 승현은 잠시 쓴웃음을 지어 보였다.

"이건 사실 악마, 악귀들이나 쓰는 일이라 우리가 직접 행하는 경우는 없을 겁니다. 하지만 그 과정 자체를, 그들과 맞서 싸운 우리들이 진행한다면 아마 할 수 있을 것이라 봅니다. 물론 당장의 상황에서는 할 수 없겠지요."

"그러면 마지막 문제는?"

다시 의견이 나오자 승현은 합장해 보이며 말했다.

"세 번째는 이런 불합리가 발생했을 때 세상 자체가 일그러지는 문제입니다. 과거가 변하면 현재에 영향이 없지는 않을 텐데, 그것이 어느 정도 수준에서 불합리가 극에 이르러 큰 악영향을 나타낼지, 혹은 수습 가능할 정도로 될지 의문입니다."

이번에는 황달지 교수가 조금 떨면서 말했다.

"저는 전공이 이쪽은 아니지만, 요즘 양자역학 이론이 많이 발전하고 있다고 알고 있습니다. 그 원리에 따르면 많은 불가사의가 과학적으로 해명될 것으로도 보이고, 심지어는 시간 역행이나 영혼의 원리도 밝혀지지 않을까 기대하는 학자들도 있습니다. 그런데 그보다 중요한 게 양자 복원 원리인데…….”

“그게 대체 뭐요? 난 처음 듣는 소리인데?”

대다수가 아예 무슨 말인지 알아듣지 못하자 승현이 다시 정리
해 주었다.

“복잡한 이론까지는 설명하기 어려우니 대강만 말씀드리면, 양
자 복원 원리란 어떤 불합리가 실제 우주에서 일어날 경우, 자연
적으로 입자 단위에서 그 불합리를 메우게 된다는 것입니다. 시간
을 거슬러 과거로 가게 되면 필연적으로 패러독스, 즉 불합리가
생기게 되는데, 결론적으로 말하자면 우주 자체가 어지간한 불합
리는 스스로 메우도록 이미 섭리에 안배돼 있다는 겁니다.”

승현은 조금 더 설명했다.

“가령 과거로 가는 데 성공했다 쳐도, 아들이 아버지를 죽인다
거나 하는 일이 생긴다면 거기서 오는 불합리는 감당할 수 없습니
다. 그런 경우는 우주 자체가 자연스레 움직여서 아예 그런 일이
발생하지 않았던 것처럼 우주 스스로가 그 사실을 지우게 돼 있다
는 이론입니다. 물론 이것이 정말 통용될지도 아직 확신할 수 없
으며, 된다고 해도 만능일지는 모릅니다. 상식적으로 생각해 보아
도 어느 정도 한계는 있겠지요.”

“그렇다면 그것을 해결하는 방법은?”

“아까도 언급했듯, 시간 역행을 하더라도 그리 멀리 가지 않는
방법입니다. 그것이 위험을 최소로 줄이는 가장 확실한 방법이겠
지요.”

그러면서 승현은 다시 한번 주위를 둘러보았다.

"다행히도 이곳은 우리 외에 다른 사람은 거의 찾아볼 수 없는 지역이라 생각 외로 변수가 적을 겁니다. 우선 우리들의 위치가 그렇게 크게 변하지 않았습니다. 그리고 외부와 복잡하게 얽힌 사회적 사건이나 영향력도 아직은 크지 않을 것 같습니다. 오래전으로 가서 이런 일을 행하게 되면, 그 사람이 남은 시간 동안 행동했던 일들이 새로 꾸며지는 셈이니 먼 과거로 갈수록 인과의 여파는 더더욱 커집니다. 그러나 준후 시주가 원하는 것처럼 박 신부님이나 현암 시주, 승희 시주 등이 위기를 면하기만 한다면, 그것도 그 당시의 준후 시주가 직접 행동해 그들의 죽음만 막을 뿐이니 그렇게 큰 불합리가 일어나지 않을지도 모릅니다."

그 말에 해밀턴이 만족한 듯 말했다.

"그렇겠군! 몇 시간 전으로만 간다면, 그래서 그들의 죽음만 막을 뿐이니 큰 불합리는 발생하지 않고, 그것은 양자 복원 원리로 자연스레 해결될 수도 있다는 말이군?"

"그렇습니다. 사실 시간 역행은 생각보다 대단히 까다롭고 제약도 크며, 아주 큰 문제를 발생시킬 수도 있습니다. 다른 것은 다 그렇다 쳐도 앞서 말씀드린 동일 인물의 중복이나 그에 따른 인과가 끝도 없이 퍼져 나갈 것이기 때문입니다. 그러니 영화에서처럼 몸이나 기계를 지니고 간다면, 그 구성 원소나 존재 자체가 크게 문제가 되며, 현재의 시간과 합체된다 쳐도 굉장한 불일치가 일어날 수 있습니다. 그러나 영혼만 가서 본인의 몸으로 들어간 뒤 몇 시간만 기다리면 저절로 몸 안에서 영혼은 합체돼 부작용이 가장 적을 가능성이 높습니다."

실제 승현의 설명을 다 이해한 자는 거의 없었지만, 적어도 가능성 자체가 아예 없는 수준은 아니었다. 과학도 주술도 그 자체만으로는 이런 우주의 법칙을 무시할 수는 없지만 이 둘을 결합하니 새로운 탈출구가 열리는 셈이었다. 어쩌면 길이 생길지도 몰랐다.

그러나 또 다른 의견이 나왔다. 박학한 하겐의 의견이었다.

"그렇지만 준후가 과거로 간다고 해서 과연 그들을 살릴 수 있을 거라 생각하오? 여기서의 초월 능력이 부가됐다고 그들을 모두 구할 만큼 힘을 쓸 수 있을지 모르겠군."

"일반 과학적으로는 일정 수준 이상의 힘을 보존해 두는 게 불가능하겠지요. 그러나 주술은 근본 원리를 모르더라도 이미 하고 있잖습니까? 아무 무게 없고 흔적도 없이 나타나고 사라지는 영혼이라도 막대한 힘을 보존하고 끌어낼 수 있지요. 도가에도 원신출규(元神出竅)라고 해, 힘을 쓸 수 없는 영혼만 끌어내는 수법과 달리 힘을 그대로 보존한 원신을 몸 밖으로 이탈시키는 술법이 이미 있는 것으로 압니다만. 비슷한 술법 이야기도 여럿 들어 보았고요."

그러자 처음으로 준후가 반응을 보이며 대답했다.

"그건 맞아요. 그리고 난 자신 있어요."

사람들은 준후가 이미 이 결정을 받아들였다는 것과 동시에 말투가 온건해졌다는 점에 안도의 한숨을 내쉬었다. 물론 준후는 아직도 위험한 존재였지만, 적어도 이 결정을 따르기만 한다면 세상을 파괴하는 짓은 할 리가 없다고 생각하게 된 것이다.

그러나 앞서 말을 꺼냈던 하겐은 덧붙였다.

"그 뜻이 아니라, 실제 준후가 영혼만의 상태로 이 모든 능력을 어떻게 발휘하느냐는 이야기였소. 초월의 경지에 들어가 세상 전체를 없앨 힘은 있더라도, 그 자신의 능력은 그렇게까지 높은 수준이 아니라고 보오. 더구나 아무리 영특하다고 해도 중간 과정을 돌파하는 데에는 아주 다양한 기술이 필요할 것 같은데, 그 능력을 다 지니고 있는지도 의문이오."

이 말에는 해밀턴이 나서서 답변했다.

"그러니 힘을 실어 줘야 하는 것이다!"

"무슨 뜻이오?"

"준후가 과거로 난관을 뚫고 섭리를 무시하며 나갈 수 있을 정도로! 그리고 그 이후에도 한 번에 모든 상대를 물리칠 수 있을 만큼 힘을 부여해 줘야 한다! 일단 영혼만 가는 데만도 엄청난 힘이 필요할지 모르니, 우리의 모든 힘을 준후에게 줘야 한단 소리다."

"능력과 힘을 어떻게 전해 준단 말이오?"

그러자 해밀턴은 크게 웃었다.

"내가 방금 보여 줬지 않나? 블랙 서클이 있다!"

그 말에 모두가 놀랐다. 사실 블랙 서클은 원래는 상대의 힘과 능력, 심지어는 영혼까지도 모조리 집어삼키는 사악하기 그지없는 수법으로 세상에 큰 악을 끼쳤다.

그러나 그 창시자인 마스터가 윤회해 로파무드가 됐고, 다시 그 손에 의해 결정적 도움을 주는 수법이 된 것이다. 과거 마스터가 이 방법으로 승정들의 힘을 모조리 흡수했었던 것처럼 준후에게 모두의 힘과 능력을 몰아주는 것이 가능하다는 것을 해밀턴이 직접 실험해 보여 준 것이다.

"그러면 당신은 이제는 불사의 힘을 잃은 거요?"

누군가 묻자 해밀턴은 코웃음을 쳤다.

"불행히도 그렇지 않다. 이건 힘이 아니라 일종의 권리라고 했지 않나? 다른 이에게 준다고 해도 내가 그 힘을 잃지는 않더군. 그리고 준후의 불사성은 오래가진 못할 것 같다. 권리가 분산돼 잠시 혼동을 일으키는 정도일 것이고, 조만간 원래대로 돌아갈 가능성이 크다. 내 힘이 없어지지 않은 게 바로 그 증거지."

그러면서 해밀턴은 작게 덧붙였다.

"사실 나야말로 없어지길 바랐는데……."

해밀턴, 즉 아하스 페르츠야말로 오래전부터 죽음을 갈구해 온 인물이었다. 스스로 죽을 수 있게 되기를 원해서 세상까지 위기로 몰아넣으려 수없이 시도했었다. 그러나 그것은 근본 법칙을 흔드는 일 같은 것이어서 준후에게 힘을 옮겨 주고서도 해밀턴에게 여전히 존재하고 있었다. 해밀턴의 내력을 아는 사람들은 저마다 나름대로 아쉬움과 안도감을 복잡하게 느꼈다. 그러나 해밀턴은 이어서 다른 말을 덧붙였다.

"그리고 내 주관적 판단이기는 하지만, 좋은 소식과 나쁜 소식이 있다."

"그게 뭐요? 아니, 가급적이면 좋은⋯⋯."

하겐이 말하려 했으나 해밀턴은 코웃음을 치며 스스로 먼저 대답했다.

"나쁜 소식부터 알려 주겠다. 내 마음이다."

해밀턴은 아하스 페르츠 때처럼 거침없고 거만하게 행동하고 있었다. 이 자체가 하나의 공포였고 위압감을 주는 요소였기에 아무도 그의 말에는 토를 달지 못했다.

"일단 분명히 말해 두는데, 내 불사 능력과 같은 권리, 즉 근본적인 법칙에 의한 힘이 아니면 아마 넘겨주는 대로 죄다 없어질 거다. 오로지 힘에만 의존한 하찮은 술법들이니 그게 당연한 것이지. 그래도 힘이 필요하고 나름의 영혼을 다루거나 자연을 거스르는 수법도 다양하게 뭐가 필요할지 모르니, 여기 모인 모든 자들은 준후에게 자신이 가진 힘과 능력을 넘겨야 한다!"

그 말에는 모두가 동요했다. 평생 수련하거나 타고난 능력조차도 모조리 잃어버리게 된다는 말에 동요하지 않을 자는 없었다. 그러나 해밀턴은 딱 잘라 말했다.

"희망자만 넘겨주면 되지 않느냐는 소리는 꺼내지도 마라! 여기 모인 자들도 서로 대립하고 틈만 나면 싸우는 걸 잘 안다! 어느 쪽만 힘을 모조리 잃게 되면 어떤 끔찍한 일이 벌어질지 누가 알지? 차라리 모두가 동시에 힘을 잃는 게 공평한 것 아닐까? 그리고 속죄 아닐까?"

이건 거의 명령에 가까운 폭압이라고도 할 수 있었다. 그리고 여기에는 전 세계의 능력자들 거의 대다수가 모여 있는 셈이다. 당연히 몇몇은 떨면서도 항의했다.

"그러면 우리 집단은 유지할 수도 없게 되오!"

그러나 해밀턴은 꿈쩍도 하지 않았다.

"유지? 너희들 상당수가 종교 집단이지? 대체 언제부터 종교 집단이 힘이나 능력을 휘두르며 날뛰었지? 이 힘들은 원래 신앙을 유지하기 위해 극히 통제돼 쓰여야 할 것들이었다. 힘이 아니라 마음을 써야 한다! 그런데도 앞서 날뛰는 자들이 넘쳐나서 지금 하늘이 이런 시험을 내린 것을 모르겠나?"

"그래도 너무한 것 아닌가? 우리도 나름 세상을 지켜 왔는데 모든 힘을 잃게 되면 세상은 누가 책임지겠는가?"

"책임? 너희가 무슨 책임을 졌지? 그 좋은 능력, 신통력으로 대체 뭘 했나? 역사상 누구도 기근, 재해, 전쟁 한 번 막지 못했고, 날뛰는 독재자나 진짜 악한 자들을 손봐 주지도 않았다! 그럴 때만 허울 좋게 세상에 간섭 어쩌고 해 대는 데 정말 뻔뻔하군! 차라리 이런 힘은 이 기회에 모조리 없애 버리고, 다시 기도하고 정신을 가다듬어! 이적이나 힘에 집착하지 않고 순수한 마음으로 기도만 해도, 어지간한 악은 다 물리칠 수 있잖아! 반성하면서 새로 시작하라고!"

해밀턴의 일갈에 상당수의 종교인은 정신을 번쩍 차리는 듯했다. 사실 종교와 믿음의 힘으로 악을 물리치는 것이 순리였다. 힘에 의존해야 할 일이 간혹 필요할 때가 있어도 그 수가 정도를 넘어서면 그 자체가 더 큰 문제가 되기도 했다.

퇴마사들 행적만 보더라도 처음에는 순수하게 불행한 사람들을 위해 악령들을 상대했었다. 그러나 능력이 커질수록 악령들보다는 사람들과 싸우는 경우가 더 많아졌다. 비록 이제 퇴마사는 준후밖에 남지 않았지만, 곁에서 그들을 본 사람들은 많았다. 선을 지키려고 얻은 능력들이지만 오해나 독선, 악마의 협잡으로 인간들이 더 큰일을 일으키는 경우가 허다했다.

그때 승현이 정중히 합장하며 말했다.

"저와 교수님들은 가능성만 보고 이야기했지만, 실제로는 가장 첫 번째 단계조차도 확신할 수 없으니 만전을 기해야만 합니다."

그 말에 제일 먼저 깨닫고 나선 것은 놀랍게도 고집스럽고 편협했던 현현이로였다. 그는 앞으로 나섰다가 그 자리에 털썩 주저앉으며 말했다.

"맞소! 참으로 맞소! 차라리 인간들이 이런 분에 넘치는 힘을 얻지 못했다면, 악마들도 큰 힘을 행사할 수 없었을 텐데! 나는 공감하오! 내 모아 왔던 도력, 아낌없이 이 기회에 털어 버리리다!"

그러자 현현일로가 오히려 놀라며 말리려 했다.

"사제! 너무 많이 나가는 것 아냐?"

그러나 현현이로는 크게 웃으며 말했다.

"형님도 정신 차리시오! 우리가 이 나이 될 때까지 도를 얻겠다고 날뛰고 다니면서 한 일이 대체 얼마나 되오? 몇 가지 잔재주만 면피한답시고 부려 놓고, 자기 한 몸 우화등선 해 보겠다고 탐욕을 부렸던 것 아니오? 이제야 한빈 거사께서 왜 우리는 본 척도 안 하시는지 깨달았소! 사실 우리는 그분의 총애가 저 아이나 현암에게만 가는 걸 시기하고 항상 질투해 왔던 거 아니오? 부끄러워 죽을 지경이오!"

그 말에 현현일로도 정색을 하더니 고개를 숙였다. 그러자 현현이로가 크게 소리쳤다.

"형님! 더 추한 꼴 보이지 말고, 여기서 깔끔히 내던집시다! 이렇게 흉하게 얻은 도력, 더 무엇에 쓰겠소? 모조리 홀홀 내던지고 새로 도를 닦다가 죽던, 그냥 맘 편하게 뒷방 늙은이로 죽던, 좀 떳떳하게 삽시다! 이나마라도 해야 그동안의 죗값을 괜찮게 치르는 것 아니겠소? 너도나도 모조리 다 힘이 없어지면 그게 더 낫지! 허허허!"

고집불통이던 현현이로가 앞장서서 희생하자 그들의 제자뻘이었던 도방의 현현파나 오의파 인원들도 일제히 정좌하고 그 자리에 앉았다. 오의파의 상곤이 말했다.

"목숨도 내줄 수 있는데. 이런 알량한 능력이라도 도움이 된다면 도를 닦는 자로서 무엇이 아깝겠소! 모조리 가져가시구려!"

역시 무련과 사천왕 중 남은 자들도 일제히 가부좌를 틀고 말없이 앉아 독경을 시작했다. 다른 자들도 마찬가지였다. 굳이 더 말을 덧붙이지는 않았으나 행동으로 결의를 보여 준 것이다.

한국 도인들은 단호하게 결정했지만, 다른 사람들은 아직 고민하고 있었다. 그러나 그들 중 하겐이 제일 먼저 선두로 나섰다.

"나 역시 이편이 맞다고 생각하오!"

그러면서 하겐도 익숙하지는 않지만 한국 도인들을 따라 그 자리에 주저앉았다. 그러면서 그는 이미 시력을 상실한 준호를 측은한 눈빛으로 바라보았다.

하겐은 예전에 생사의 갈림길에서 준호에게 흑마법과 백마법의 신비 문양을 전수해 준 바가 있었다. 무뚝뚝하게 내색하지는 않았으나 그는 이미 마음속으로 준호를 반쯤은 제자처럼 생각하고 있었다. 그런 준호가 희생당한 것에 그도 내심 분개했으며, 때문에 은연중에 해밀턴의 편을 들어 여론을 이끈 것이었다.

서양의 능력자 중 발군의 실력을 자랑하는 하겐이 나서자 보다 많은 수가 동참했다. 수단과 방법까지 다 나온 이상 도저히 피할 수 없었다. 결국 칼키파도 수장의 지휘하에 동참을 결정했고 마지막까지 눈치를 보던 아사신과 용화교 무리도 해밀턴의 눈빛을 견디지 못하고 그 자리에 주저앉았다.

그러자 승현이 웃으며 말했다.

"물론 장담할 수는 없지만 그런 표정을 짓지 마십시오. 준후 시주가 성공한다면 여러분은 하나도 잃는 것이 없을 겁니다."

"그게 무슨 소리지?"

칼키파의 수장이 날카로운 목소리로 되물었다. 그러자 승현은 합장하며 조용히 말했다.

"준후 시주가 성공한다면 박 신부님이나 현암 시주, 승희 시주는 살아 있게 됩니다. 그렇다면 준후 시주가 이런 일을 벌였던 사실 자체가 없어질 수도 있지요. 당연히 여러분이 능력을 내놓았던 사건도 같이 사라지게 될 테니까요."

"그게 가능한가? 양자 복원 원리로 그렇게까지 할 수 있다고?"

"적어도 학자 중 일부는 그럴 것이라 주장합니다. 그리고 우리는 질량이나 기타 요인에 덜 속박적이고 독립적인 영혼을 가지고 시도하는 것입니다. 아무도 해 본 적 없는 일이라 장담할 수는 없습니다. 실패할 수도 있겠지요. 그러나 가능성은 있다고 봅니다. 그리고 이미 되돌릴 방법도 없는 셈입니다. 나무아미타불……."

그 말을 듣고 나자 칼키파 수장만이 아니라 거의 모든 사람의 분위기가 변했다. 논리적으로 패러독스가 발생하지 않으려면 그렇게 현실이 변조돼야 하는 게 논리적으로는 맞았다. 그러니 기왕이면 다들 준후가 성공해 이런 희생이 없었던 일이 되기를 자연스레 바라게 됐다. 그러자 자칫 흉흉해질 수도 있던 분위기가 오히려 호의적으로 변했다.

그때 해밀턴이 아사신들에게 말했다.

"너희는 주술적인 능력은 잃겠지만, 암살 집단으로서 너희 조직을 유지할 수 있게 해 주겠다. 관심 있나?"

"무슨 소리요?"

그러자 해밀턴은 웃지도 않고 조용히 말했다.

"나에 대해 안다면, 내 재산에 대해서도 알 것이다."

"그렇소."

"너희 집단에게 내 유산의 십분의 일을 걸고 의뢰하겠다. 그 정도면 집단 유지는 문제없을 것이며, 어쩌면 이 일만 마치면 암살 따위 안 하고 모두가 편하게 살 수도 있을 거다."

그건 실로 어마어마한, 환산조차 불가능한 금액이었다. 유지는 커녕 나라 하나를 살 수 있을지도 몰랐다. 그러나 아사신의 대표도 만만치 않은 인물이었다.

"합당한 의뢰라면 응낙하겠소. 거금은 언제나 환영이지만 우리는 단순한 살인자 집단은 아니오. 우리도 험한 수단으로나마 세상을 위한다는 나름의 목표와 의지가 있소. 돈에 팔려서 아무나 죽이지는 않소."

해밀턴은 웃으며 말했다.

"내가 청부할 대상은 바로 아녜스 수녀다. 이 일을 이 지경으로 만들고 수없는 희생자를 낸, 세상을 망하게 할 뻔한 악녀지. 이 정도면 응낙하겠나?"

그러자 아사신 대표도 힘주어 말했다.

"돈을 받지 않아도 그년은 가만두지 않을 생각이었소. 우리도 그년에게 속아서……."

"됐다. 그렇더라도 돈은 받아 둬라. 정말 세상을 위한 살인이라면, 양심에 걸리지 않고 행해 주길 바라지. 그 의뢰 대금이다."

그러면서 해밀턴은 허리춤에서 작은 금고 열쇠 몇 개를 꺼내 아사신 대표에게 던져 주었다. 아마도 막대한 자금을 모아 둔 개인 금고 열쇠일 것이다. 아사신 대표는 그것을 받더니 조용히 말했다.

"암살 의뢰를 이토록 공개적으로 하다니, 수치스럽기 이를 데 없군."

"그래서 안 하겠다는 건가?"

"양심과 신의 이름을 걸고 세상의 진정한 악을 백 명 처단해 드리겠소. 누구도 아닌 인류의 이름으로."

"좋아."

청부 살인 계약까지 이루어지자 하겐이 물었다.

"이제 어쩔 셈이오? 당신의 힘도 내줄 거요?"

그러자 해밀턴은 크게 웃으며 말했다.

"아니. 일단은 최후까지 봐야지. 또 어떤 바보가 난동을 부릴지 모르니, 모두의 힘이 다 없어질 때까지 지켜봐야만 하지."

"그건 맞는 말이오."

"그다음 난 준후와 함께 갈 거다. 내가 실패하더라도 이 일만은 꼭 마무리 지어 놓고 싶다. 물론 내가 성공해서 현재가 바뀐다면 당연히 이것도 없었던 일이 될 테니 손해도 아니지. 하하."

"뭐라고요?"

"내 능력을 과소평가하지 마라. 지금 인간 중 나보다 오래 살고 경험 많은 자는 없다. 그리고 나는 다들 알다시피 불사의 몸이야."

"그러니 영혼 상태도 될 수 없는 것 아니오?"

"날 무시하지 말라고 했잖나? 영혼 이탈 정도는 이미 천팔백 년 전부터 가능했다. 다만 불사의 섭리로 그 지경에서도 몸과 영혼 모두가 수호돼 죽을 수 없으니 그만둔 거지."

"그랬었소?"

"그러나 이번은 다를지도 모른다. 내 불사의 섭리가 시간의 섭리에도 버틸 수 있는지는 의문이지만, 그래서 좋은 거다. 내 주변만 일그러뜨리는 시몬 마구스의 권능 정도로는 준후가 얻은 구세의 권능에 비길 수 없다. 그래서 나는 오히려 기쁜 거야. 내가 더 약하면 약한 대로 내가 죽어서 좋은 거고, 어느 정도 버티기라도 한다면 준후가 목적을 이룰 수 있게 도울 수 있으니까."

그러면서 해밀턴은 덧붙였다.

"모두가 힘을 버리는 이때 나만 힘을 지니고 있는 것도 문제겠지. 나는 또다시 공포의 존재가 될 거다. 그렇다고 힘을 버리면 그 순간부터 나는 꽤 안 좋은 꼴로 끝장날 게 분명해. 이천 년간의 원한은 그리 쉽게 사라지지 않으니."

"이해할 것 같소."

"그래. 이천 년 전부터 내 바람은 완전한 죽음, 그것 하나뿐이었다. 사실 지금도 이 방법이 아니라면! 더 강한 섭리가 아니라면 알려진 힘만으로는 죽을 수도 없었지. 이번만큼 좋은 기회는 다시 오지 않을 거다. 박 신부님에게 받은 은혜를 조금이라도 갚는다면, 피로 물들었던 내 길고 끔찍한 삶도 조금은 멋져 보이지 않겠나? 허허."

웃던 해밀턴은 가볍게 덧붙였다.

"그리고 내가 없어진다면 기뻐할 자들도 많을 거야. 그들도 안도할 수 있으니, 뭐 나답진 않아도 나쁜 건 아니겠지."

그사이, 로파무드는 힘든 와중에도 다른 이들의 도움을 받아 잠시 기를 추슬러서 희망자들에게 블랙 서클을 심어 주고 있었다.

"준후를 향해 자신의 능력을 보낸다고 생각하면 그대로 될 겁니다. 이건 스스로 원하기만 하면 바로 사라집니다. 그러니 걱정하지 마세요."

그 과정은 해밀턴이 매의 눈으로 빈틈없이 최후까지 지켜보았기에 아무 일도 일어나지 않았다. 뭔가 수작을 부리려는 자가 있더라도 절대 성공할 수 없다는 걸 알기에 체념하고 자신의 능력을 모조리 준후에게 전수하는 수밖에 없었다.

그러다가 멍한 표정을 한 수아가 앞으로 나서려고 하자 해밀턴이 말렸다.

"너는 안 돼. 너무 어린 데다, 네가 쓰는 힘은 나와 준후처럼 일종의 권능이다. 그것도 이질적인 것이라 섭리에 위배되는 행동을 하게 될 준후에게는 오히려 독이 될 거다."

해밀턴은 수아의 정령력의 면모를 일찌감치 알고 있었다. 이 권능은 브리트라를 물리친 대가로 정령들 스스로가 수아를 여왕처럼 받들며 복종을 자처한 것이었다. 때문에 아무리 블랙 서클의 힘을 사용해도 전달될 성질이 아니었다. 만들어진 존재인 염체와 달리 정령은 약하지만 스스로 사고를 하는 존재들인 것이다.

"그럼…… 전 뭘 해야 하죠?"

수아가 멍하니 되묻자 해밀턴은 빈틈없이 대답했다.

"준후가 돌아올 때를 대비해, 준후의 몸을 지켜라. 몇 시간이면 바로 결과가 나올 테니 그때까지 아무도 준후의 빈 육신은 건드리지 못하게 해. 그게 네 일이다."

약간은 불공평했지만 수아가 워낙 어린 데다 그녀의 힘이 권능에 의한 것임을 알고는 다른 자들도 불평은 하지 못했다.

준후는 여전히 말없이 묵묵하게 자신에게 들어오는 힘과 능력을 접수하는 데에만 전념했다.

이런 중에 준호와 아라는 말없이 무련의 뒤편으로 걸어가 앉았다. 아라가 준호의 팔을 잡고 안내했다.

준후는 여전히 무시무시한 표정을 하고 있었지만, 아라는 아무도 몰래 걸어가면서 준후에게 웃으며 윙크를 해 보였다. 순간 준후도 아주 약간 얼굴 근육이 파르르 떨렸지만, 아라 말고는 아무도 눈치채지 못했다. 준호와 아라는 사실 준후의 마음을 이해하고 있었다.

'사부가 절대 그럴 리 없어.'

'준후 오빠가 세계 멸망? 말도 안 되지.'

그들은 애당초부터 준후가 연기한다는 것을 알고 있었다. 심지어 준호와 아라는 준후가 '말세에 임할 자'를 연기한다는 사실을 직접 캐낸 당사자들이었다. 때문에 준후가 정말 그런 짓을 할 사람이 아니란 것을 누구보다 잘 알고 있었다. 다만 준후의 생각대로 무엇이든, 어떻게든 이루어지기를 바라는 마음에 말없이 보조를 맞추며 따른 것이다.

그리고 많은 사람이 준호와 아라와 같은 생각이었다. 생전에 퇴마사들을 접하고 교분이 있던 자들은 누구 하나 진정으로 준후를 의심하지 않았다. 아니, 할 수 없었다. 해밀턴이나 로파무드도 이미 다 알고 있는 것처럼 전력으로, 심지어는 자기의 치부까지 드러내고 다시 아하스 페르츠의 위압감을 보여 주는 식으로 준후를 도왔다.

준후도 그것을 깨닫고 있었다. 그래서 속으로는 눈물을 펑펑 쏟고 싶을 정도로 감동하고 있었다. 허나 그렇더라도 준후는 계속할 생각이었다. 대놓고 협박을 한 셈이지만, 실제 준후가 염두에 둔 것은 다른 곳에 있었으며, 어떻게 하든 죽은 박 신부와 현암, 승희만이라도 되살리고 싶은 마음은 변하지 않았다.

실패해서 영혼조차 없어져도 상관없었다. 그 결과로 현세에 어떤 악영향이 온다고 하더라도 감수할 생각이었다.

그들만 다시 살려 낼 수 있다면.

준후는 시간을 뒤엎고 섭리를 무시해서라도 그들을 살려 내야만 한다고 생각했다.

그것이야말로 오히려 섭리를 바르고 온건하게 잡는 일이며, 세상, 아니 우주가 본질적으로는 정의롭게 유지할 수 있는 길이라 믿었다. 그렇기에 그들이 쌓아 온 것에 대해 많은 사람이 희생이라는 최고의 경의로 보답하는 것을 보며 눈물이 날 것 같았다. 퇴마사들의 삶과 고통이 헛된 것이 아니었다고 생각하면서도, 포기할 수 없는 것이었다.

## 인간 장준후의 불완전했던 계획

사실 준후는 많은 부분에서 거짓말을 했다. 실제로 시간 역행에 대한 생각은 준후가 오래전부터 해 온 것이었다. 연희를 살려보려고 온갖 생각을 하다가 나온 것이고, 이것을 승현과 이야기할 기회가 있었다. 그러나 당시로서는 너무도 막막해 포기했다. 그런 큰 힘을 얻을 길부터 없었던 것이다. 실행할 수단도 없으면서 막연하게, 불완전하게 구상만 했던 계획이었다. 당연히 우연히 대화한 승현을 제외하고는 누구에게도 말한 적이 없었다.

그런데 생각보다는 일이 잘 풀렸다. 무엇보다 구세의 권능이 주어진 것이 느껴졌다. 신들과 소통하던 준후였지만, 군중 앞에서 당당하게 한 말처럼, 그들은 친구처럼 부르고 대화할 수 있는 대상이 아니었다. 그러나 도교의 진전도 이어받은 준후는 이것이 바로 우화등선의 기회라는 것을, 초월의 경지에 진입해 다른 차원으로 갈 수 있는 기회임을 알았다. 심지어 준후 자신의 생명은 일주일 정도밖에 남지 않은 상태였다.

그러나 준후는 그 권리를 포기했다. 그 대신 자신이 예전에 '말세에 임할 자'로 나서기 위해 생각했던 그 힘을 원했다. 그러자 그에게 권능이 부여됐다고 알려 주고 우화등선을 권한 신적인 존재조차도 어이없다는 반응을 보였다. 그러나 그 존재는 분명 가능은 하다고 대답해 주었다.

그때부터 불완전했던 계획은 퇴마사들의 죽음에 대한 슬픔과 분노를 먹고 순식간에 엉성하게나마 모양새를 갖추기 시작했다. 퇴마사들의 진정한 부활을 원한다고 협박했다. 그러나 그게 실질적으로 불가능하다는 건 준후 자신이 더 잘 알았다. 물론 혹시나 싶어 그것부터 알아보려 했지만, 역시나 이루어질 수 없는 망상이었다. 그렇기에 차선책으로 시간 역행을 시도하기로 했다. 그러나 그러기에는 준후의 생각에도 막대한 힘이 필요했다. 그것만은 초월의 권능으로도 어쩔 수 없었다. 수련을 계속한다면 이전과 비교할 수 없을 만큼 성장하겠지만 지금은 그럴 여유가 없었다.

이와 관련해 처음에는 해밀턴과 대화하지 않았는데, 그건 죽은 이를 살리려는 시도를 가장 죽고 싶어 하는 사람에게 차마 말할 수 없었기 때문이다. 그러나 퇴마사들의 최후를 같이하는 과정에서 준후는 자연히 해밀턴과 마음이 통하게 됐다. 그 후 준후는 퇴마사들을 살릴 수 있는 길은 시간 역행에 있는 것 같다고 해밀턴에게 말했다. 그러나 그걸 실행할 방법은 전혀 없었다.

그때 해밀턴은 로파무드가 블랙 서클의 기술을 이어받고 있다는 것을 말했다. 사실 로파무드의 몸에서 흘러나오던 블랙 서클의 아주 미약한 기운을 읽어 낼 수 있는 사람은 해밀턴뿐이었다. 그리고 그것을 역으로 뒤집어서 다른 사람에게 능력을 전해 줄 수 있다는 걸 통찰한 이도 해밀턴이었다. 준후는 블랙 서클의 존재나 변화 방법을 전혀 몰랐다. 그런데 해밀턴이 그 기술을 매개체로 하면 힘을 얻는 게 가능할 것 같다며 찾아보겠다고 말한 것이다. 불완전한 계획이었으나 의외의 조력, 그것도 과거 최강의 적 중 하나였던 마스터의 기술을 사용한다는 점에서 인과가 강하게 느껴졌다.

그렇게 둘은 어느 정도의 가능성에 대해서 미리 확인했다. 오히려 죽음을 간절하게 바라고 준후와 같이 박 신부를 구하고 싶어 하던 해밀턴이 오히려 시간 역행을 더 권한 판이었다. 마음 약한 준후는 그때까지도 결정하지 못했다. 자신이 생각해 보아도 너무 불완전하고, 위험 요소가 많았기 때문이다.

그러나 준호의 희생을 본 순간, 준후는 정말로 분노했다. 그리고 비로소 인과를 바로잡아야 한다고 생각하며 결단을 내렸다. 준후가 사람들을 위압해 모든 눈길을 끈 사이 해밀턴은 로파무드와 마음의 대화를 나눠 블랙 서클을 그의 몸에 직접 옮겨 변화시킨 다음 넘겨주는 일을 했다. 무척 어려운 일이었지만 해밀턴은 이천 년의 연륜이 무색하지 않을 정도로 대단한 술사였기에 해낼 수 있었다.

그렇지만 준후에게 권능이 옮겨 갔다는 것은 해밀턴의 허풍이었다. 실제로 준후에게 권능을 옮기려 시도는 했지만, 옮겨지지 않았다. 그러나 총알이 비껴가 마치 준후가 불사의 권능을 얻은 것처럼 보인 것은 해밀턴이 '준후의 생사가 나의 생사와 마찬가지다'라고 강하게 암시했기 때문이었다. 이것이 바로 준후와 해밀턴의 거짓말이었다. 제아무리 준후가 초월의 경지에 들어섰어도 본신의 힘은 백 수십 명의 능력자를 상대할 정도는 아니었다. 그건 불사의 해밀턴조차도 제압하지 못했다. 준후를 옹호하는 자들도 있지만, 모든 능력을 빼앗긴다고 했을 때에도 그들이 여전히 준후의 편에 선다고 장담할 수 없었다. 그렇기에 준후는 아하스 페르츠의 불사성과 자신이 얻은 권능을 통해 아무도 저항할 수 없게 만드는 연기를 했다. 이것이 준후의 또 다른 거짓말이었다.

그리고 너무도 다행스럽게 승현은 준후와 나눴던 대화를 기억하고 있었다. 승현은 비록 능력은 없지만 워낙 똑똑한 편이라 대처를 잘했다. 그는 곧 준후의 의도를 짐작하고는 아무도 주목하지 않던 시타 교수와 황달지 교수와 입을 맞춰 시간 역행설을 들고나왔다. 준후가 직접 말하는 것보다 교수 직함을 가진 이들이 말하는 것이 특히 신뢰가 갈 것이었다. 그래서 분위기도 좋게 흘러갔다. 더구나 승현이 썩 연기를 잘 해냈다. 그러지 않았다면 이렇게 각지의 능력자들이 순순히 힘을 내놓는 일은 벌어지지 않았을 것이다.

돌이켜 생각해 보면 정말로 운이 따른 것이었다. 계획 자체는 너무도 급조되고 불완전했지만 결국은 준후의 의도대로, 그리고 해밀턴의 의도대로 진행됐다. 사실 해밀턴은 오래전부터 인간들에게 과하게 들어간 능력들을 없애는 것이 낫다는 생각을 갖고 있었기에 이번 일에 더 적극적이었다. 그런 힘이 없어져야 자신도 사라질 수 있었기 때문이다. 초월자가 된 준후가 남지만, 시간 역행이 너무도 위험한 계획인 데다 어차피 준후의 수명은 거의 남지 않았기에 세상을 위해서도 그편이 낫다고 생각한 것이다.

정말로 믿을 수 있는 박 신부나 현암, 승희의 능력은 남겠지만,

그들이야말로 더 이상 인간들과의 슬픈 투쟁을 하지 않고 조용히 여생을 보낼 수 있는 자들이었다. 그리고 그것을 위해 준후는 모든 걸 희생할 각오가 돼 있었다. 어쩌면 영생의 길일지도 모를 우화등선을 포기하고, 이번에야말로 자신을 희생할 결심이었다.

마지막 순간이 왔다. 준후의 몸에는 정말 형언할 수 없을 정도의 힘이 가득 차 있었다. 아직까지 경험해 보지 못했던 갖가지 진기한 술법들이 머릿속에도 넘쳐 났다. 해밀턴도 준비돼 있었다. 시간을 돌파하는 일종의 추진력은 준후가 내고 해밀턴의 영혼이 업혀 가기로 했는데, 그는 일종의 방패였다. 어지간한 섭리라면 그의 불사성으로 준후를 감싸 지킬 수 있을 것이며, 설령 잘못돼도 한 점 후회 없이 기쁘게 세상을 등질 것이다. 해밀턴은 최소한 한 번은 어떤 난관에서도 준후의 영혼을 지킬 수 있다 믿었고, 충분히 그럴 만했다.

그렇게 둘은 조용한 장소에 정좌해 마음을 가다듬었다. 수아가 조마조마하게 불러낸 정령들이 그들의 몸을 지켰고, 그 주변을 준후와 가까웠던 한국 도인들이 원형으로 감싸 지켰다. 이미 능력을 잃은 사람들이 조금 거리를 둔 채 이 광경을 지켜보고 있었다. 거리를 둔 것은 최후까지 방심할 수 없기 때문이었다. 영적, 주술적 능력은 잃더라도 육체적 단련을 거친 자들은 결코 만만치 않았다. 아무리 능력과 힘이 옮겨 갔더라도 몸에 새겨진 단련의 결과마저도 사라질 수는 없었으니까.

더구나 이런 전대미문의 사태에 어떤 악마나 악령이 나타나 방해를 한다 해도 이상하지 않았다. 그렇기에 모두가 최고로 긴장했으며, 비록 다른 능력은 다 잃었더라도 육체적 기술을 지닌 무련이나 사천왕, 조요경의 힘마저도 스스로 내놓은 아라, 승현까지도 주축이 돼 만약의 사태에 대비하고 있었다. 어쩌면 이 상황에서 가장 강한 이는 청홍검을 쥔 무련일지도 몰랐다.

잠시 후 준후와 해밀턴이 얼굴을 일그러뜨렸다. 준후라면 몰라도 해밀턴의 고통스러운 표정은 전에 없던 것이라 모두의 마음은 불안해졌다.

불안해진 아라는 승현에게 넌지시 아주 작은 소리로 물었다.

"결과를 보려면 얼마나 기다려야 하나요?"

그 말에 승현은 조용히 대답했다.

"정말 성공한다면 결과는 곧 나올 겁니다. 그냥 현실이 그 결과로 바뀌어 있을 테니까요."

그때 준호도 눈을 감은 채 작게 말했다.

"시간 역행이 되면 차원이 새로 생성된다는 이야기도 들은 적 있는데, 그렇게 된다 해도 사부가 돌아올 수 있는 건가요?"

그 말에는 승현도 난감한 표정을 지었다.

"그것 역시 가능성 중 하나죠. 모든 것이 아직은 하나의 가설일 뿐입니다. 아직 아무도 성공은커녕 시도조차 못 한 일이니 더더욱 그렇죠. 아직 결과를 속단하기엔……."

그때 준후와 해밀턴의 고개가 풀썩 꺾였다. 영혼이 빠져나가고 연결조차 끊어진 것이 분명했다. 그와 동시에 조금 떨어진 능력자

무리 중에서 누군가가 말하는 소리가 들렸다.

"떠났다!"

그것은 아마도 영능력 체질을 타고났던 사람이었을 것이다. 모든 능력을 내주었어도 육체적 힘은 남은 것처럼, 원래부터 영에 민감한 사람의 체질까지는 전이되지 않는다. 그래서 영혼의 기척을 느낄 수 있었던 것 같았다.

그러나 당장 두 명의 육체에 변화는 보이지 않았다. 주변 사람들은 대부분 육체가 무사한 것에 안도의 감정을 느끼고 있었지만, 승현의 얼굴빛은 급속히 어두워졌다. 그러다가 급기야는 혼잣말까지 새어 나왔다.

"이게 아닌데……!"

승현의 생각으로는 이 일은 준후가 겪고 있는 과거나 경로의 시간과 별개로 현재의 시점에서는 즉각 결과가 나타나야 했다. 시간을 거슬러 돌아오는 것이기 때문에 승현이 속한 현재에 즉각 반응이 나와야만 했다. 만약 이들의 위치가 변경되는 일이 있어도 모두가 자연스레 그걸 받아들이게 바뀌거나, 그런 사실조차도 자연스레 받아들여지게 돼야 했다.

물론 아까 이야기한 양자 복원 원리가 작동하고 준후가 성공했다면, 퇴마사들은 살아나고 당연히 이전에 준후가 했던 행동까지도 모조리 잊혀 없었던 일이 돼야 했다. 그렇게 되면 승현의 기억조차도 변조되겠지만, 준후가 시간을 역행하고자 했다는 것을 기억하고 있는 것을 보아 일이 제대로 풀리지 않았음을 확인할 수 있었다. 잘됐다면 그 사실조차 잊고 자연스레 퇴마사들의 생환을 반기고 있을 테니 말이다. 그러나 그 기억이 그대로 남아 있는 이상, 일이 잘 풀리지 않았다고 확신할 수 있었다.

'준후 시주…… 결국 불완전한 계획이었던 건가요? 결국 이렇게……'

다른 누구보다 시간 역행 계획에 대해 잘 알고 있던 승현이었기에 오히려 누구보다 불안했다. 그러나 뭔가의 이유로 시간이 걸리는 것뿐이라고, 아니면 준호의 말대로 다른 차원의 세계로 빠지는 것이 시간 역행의 실제일지 모른다고 애써 마음을 달래고 있었다.

그러나 곧이어 아무도 예상치 못 했던 일이 생겼다. 준후와 해밀턴의 두 육체가 갑자기 타오르기 시작한 것이다. 불길은 너무도 거셌고, 능력조차도 모두 잃은 사람들뿐이라 뭔가 할 수도 없었다. 힘을 잃지 않은 유일한 능력자인 수아는 너무 어린 데다가 놀라는 바람에 아무 손도 쓰지 못했다.

무서울 정도로 강렬한 불길은 불과 일이 초 만에 둘의 육체를 완전히 전소시켜 버렸다. 유골조차 남지 않을 정도로 강렬해서 가까이 있던 몇몇 사람들은 화상을 입기까지 했다.

그러나 아무도 입을 열지 못했다. 시간을 거슬러 뭔가 해 보려던 계획은 처참히 실패한 것이다. 심지어 불사의 존재인 해밀턴의 육체마저도 재가 돼 사라졌다는 것은 충격적이었다. 이제 시간을 따라오건, 다른 방법으로건 둘의 영혼이 돌아올 길은 사라졌다.

넋을 잃고 거의 기절하듯 주저앉은 승현부터, 오열하는 아라, 눈물을 쏟으며 합장하고 독경만 하는 무련, 그 외에도 수많은 사람이 각각 충격과 혼란에 빠져 버렸다.

세 명의 퇴마사뿐 아니라, 장준후와 해밀턴도 사라져 버렸다. 그리고 그 외의 내로라하던 거의 모든 세계의 능력자들도 힘을 잃었다. 이것은 거의 이 세계의 영능력 자체가 남김없이 사라져 버린 것과 비슷했다. 몇몇은 힘을 간직하고 있겠지만 수많은 전승을 이어받은 강력한 자들이 없었다면 맥이 끊기게 될 것이다. 주변 모두가 희생을 감수하고서 얻은 결과는 그들로는 통제 불가능한 해밀턴과 장준후가 사라져 버린 것에 불과했다. 그것만으로도 만족하지 못하는 이들도 적지 않겠지만, 이로써 나름대로 전승되던 영능력 체계는 종말을 맞이하게 된 셈이었다.

인간 장준후가 모든 심력과 그동안 연관된 수많은 인연을 바탕으로 만들어 낸 불완전한 계획은 처절하게 실패한 것이다. 이렇게 부정할 수 없는 결과 앞에서 아무도 입조차 열지 못했다. 절망만이 모든 공간을 장악해 압도하는 것처럼 보였다.

그러나…….

천기의
수호자

## 의문의 소년

"이봐. 장준후?"

누군가가 자신을 부르는 소리가 들려왔다. 준후는 그 소리에 문득 정신을 차렸다. 그리고 주변을 둘러보았다.

그리 넓지 않은 매우 낯선 공간이었다. 막 어둠이 깔리기 시작하는 밤하늘처럼 짙고 푸른 하늘이 위뿐만 아니라 사방을 가득 채우고 있었다. 작고 고풍스러운 빈 정자 한 채 앞에는 조그마한 연못이 하나 있었다. 그 외에는 아무것도 없었다. 마을이나 집은커녕 나무 한 그루 없었고 멀리 보이는 산도 바다도 평원조차도 없었다. 어이가 없을 지경이었다. 자신이 왜 이런 곳에 와 있는 것인지 이해할 수 없었다.

준후는 분명 자신의 힘과 주변에 있던 모든 능력자의 힘, 거기에다 해밀턴의 조력까지 받아 시간을 역행하려고 했었다. 몸을 지니고는 불가능한 일이었기에 영혼만 빠져나와 공간의 벽을 찢었다. 영혼조차도 그것을 견딜 수 없었겠지만 해밀턴이 지닌 불사의 힘이 자신을 지켜 주었기에 버틸 수 있었다. 그렇더라도 공간 자체의 균열은 굉장한 혼란으로 느껴져 정신이 없었다. 그런데 갑자기 이런 고즈넉한 장소에 있다니. 더구나 그와 같이 행동했던 해밀턴은 보이지도 않았다.

'게다가 몸이……'

준후는 자신의 양손을 내려다보았다. 분명 육신을 두고 왔는데 두 손이 멀쩡했다. 영혼 상태에서의 느낌일 뿐이라기엔 너무도 생생하고 자연스러웠다.

"대답해."

다시 한번 뒤쪽에서 목소리가 들렸다. 그제야 준후는 그 목소리가 자신이 구세의 권능을 얻었을 때 그것을 알려 주었던 신격의 목소리와 같다는 것을 깨달았다. 준후는 놀라며 몸을 뒤로 돌렸다. 누군가가 보였다.

그는 준후보다도 상당히 작고 앳돼 보이는 소년이었다. 다소 고풍스러운 주변 분위기와는 전혀 어울리지 않는 차림을 하고 있었다. 무늬 없는 헐렁한 흰색 티셔츠와 옅은 회색 반바지를 입고 역시 무늬 없는 흰 운동화를 신고 있었다. 머리는 약간 길지만 단정하게 가르마를 넘겼고 뒷머리를 길게 묶어 넘겼다. 특이할 것이 없는 차림이었지만 오른쪽 귀에만 옥 귀걸이를 하고 있는 것이 그나마 약간 특이했다. 체격으론 고작해야 열 살 조금 넘어 보였고 얼굴도 비슷하게 앳돼 보였다. 상당히 귀여운 인상으로 잘생겼지만 하관이 가늘고 긴 편이었으며, 눈매는 굉장히 위로 치켜 올라가 있어서 다소 사나워 보이기도 했다. 그리고 특이하게도 진갈색 눈동자에서 은은히 금색 광채가 가끔씩 번득였다.

소년은 약간 인상을 쓰며 다시 말했다.

"대답하라고 했잖아, 장준후."

소년의 목소리는 나이에 걸맞게 뾰족했고 어딘가 건방진 느낌이 짙었다. 준후는 한 번 헛기침해 목을 가다듬은 뒤 말했다.

"넌 누구지? 어떻게 나를 아는 거야?"

그러자 소년은 웃지도 않고 무뚝뚝하게 대답했다.

"반말하지 마. 보기엔 이래도 너보다 삼백오십 살 가까이 더 먹었으니까."

"……."

준후가 대답하지 않자 소년은 다시 말했다.

"영혼 상태로 미친 짓을 하려던 너를 여기로 데려온 게 나야. 조금은 겸손한 태도를 보이는 게 낫지 않을까?"

소년의 말을 듣자 준후는 생각했다. 이 소년은 절대 보통내기가 아니며, 자신은 상상하지도 못할 정도의 존재라고. 분명 자신은 굉장한 분노와 의지, 슬픔을 품고 영혼 상태로 육체를 떠났었다. 독하게 마음먹었으며 죽을 각오도 한 상태였다. 그러나 상황이 예상과 너무나도 달라진 만큼 흥분을 가라앉히고 냉정하게 생각해야 했다. 쉬운 일은 아니었지만 정신 수양에 능한 준후는 다시 마음을 진정시켜 일단 평정심을 찾는 데 성공했다.

마음을 가다듬은 준후는 고개를 조금 끄덕이면서 다시 물었다.

"당신은 누구…… 아니, 누구십니까?"

준후가 정중히 묻자 소년은 그제야 조금 인상을 펴면서 대답했다.

"난 옥결이다. 강옥결."

그리고 준후가 뭐라 답하기도 전에 옥결은 오른쪽 귀에 걸린 옥으로 된 귀걸이를 만지며 중얼거렸다.

"이거, 얼굴도 못 본 우리 아버지가 남긴 단 하나의 유품이야. 원래는 옥으로 만든 작은 팔찌였는데, 처음부터 끊어져 있었지. 그래서 귀에 걸고 있는 거고."

"환(環)이 아니라 결(缺)인 겁니까?"

"그래. 연을 끊겠다는 고리타분한 풍습이지. 뭐, 괜찮아. 사백 년 가까이 된 옛일이니까. 아무튼 아버지가 내 이름조차 안 지어 주고 사라져서 이걸로 이름을 대신했다. 당연히 안 궁금했겠지만, 그냥 말하고 싶었어."

준후는 무심코 멍하니 고개만 끄덕였다. 사실 준후는 몇백 년 묵은 괴물이나 인간을 상대해 본 경험이 있었다. 심지어 해밀턴의 경우는 이 소년보다 훨씬 나이가 많았다. 그러나 눈앞의 소년이 그토록 나이를 먹었다고는 조금도 믿지 않았다. 옥결은 준후의 생각을 눈치챘는지 다시 말했다.

"이번엔 궁금해하는 것 같네? 내가 너무 어려 보여? 그거 우리 어머니 때문이거든? 어머니가 내가 귀여운 편이 좋다고 해서 이렇게 하고 있는 것뿐이야. 너도 비슷한 적 있었잖아?"

사실 준후도 과거 스스로의 의지로 신체적 성장을 멈췄던 적이 있었다. 그 이후에는 다시 풀어 버려서 지금은 청년의 모습이 됐지만. 때문에 준후는 옥결이 그럴 수 있다는 것을 다소 쉽게 수긍했다. 다만 자신의 과거까지 옥결이 안다는 것에는 다시 한번 놀랐다. 그러자 옥결은 기분 좋다는 듯 말했다.

"너는 이해하는구나. 우리 어머니가 조금 집착이 강하셔. 전에도 나를 낳지 않고 십 년 이상 그냥 품고 계셨었어. 내가 너무 귀여워서 그러셨대. 그런 분이니 기분 좋게 잘해 드려야 하잖아. 심지어 인간도 아니신데."

이 말은 준후에게도 좀 충격이었다.

"네?"

"아, 우리 어머니, 인간이 아니시거든?"

"정말입니까?"

"내가 거짓말 따위 할 것 같아? 맞춰 봐. 무슨 동물이셨게?"

옥결이 다짜고짜 묻자 준후는 당황했다. 옥결은 그야말로 제멋대로인 성격 같았는데, 그렇다고 밉지는 않았다. 그럼에도 천하의 준후조차도 꼼짝 못 하고 그냥 끌려가게 만드는 묘한 분위기를 풍기고 있었다.

준후는 전혀 감이 잡히지 않았다. 물론 몇 가지 전설 속에 나오는 영통한 동물이 있기는 했다. 단군 신화만 해도 곰과 호랑이가 있고, 뱀이나 우렁이 각시 등 많은 동물이 생각났지만…….

그때 옥결이 정말 천진난만하게 웃었다. 준후는 그런 옥결의 얼굴을 조금 더 자세히 살폈다. 굉장히 뽀얗고 귀여워 보였지만 하관이 길고 뾰족하며, 눈매가 날카로운 것이 어딘가…….

"혹시…… 여우 아닙니까?"

그러자 옥결은 크게 웃으며 손뼉까지 치면서 좋아했다.

"맞아! 너 볼 줄 아는구나! 그럼! 아들은 어머니를 닮아야지! 너 조금 더 맘에 드는데?!"

그러면서 옥결은 중얼거리며 덧붙였다.

"물론 도통(道通)하셔서 날 낳을 때는 완벽하게 인간으로 낳으셨으니 난 순수한 인간 맞아. 그런데 우리 어머니, 화나면 정말 무서운 분이니 이 이야긴 이만하자."

옥결은 정말 어딘가 제멋대로였고, 그가 하는 말도 이해가 가지는 않았지만 준후는 순순히 대답했다.

"네."

"아무튼 그래서 전부터 널 좋게 봤었거든? 네 주변의 다른 사람들도 좋았지만, 네가 좀 더 마음이 가더라고."

그러다가 옥결은 다짜고짜 강하게 되물었다.

"그런데 너, 왜 떼를 쓰는 거냐?"

"아니…… 뭘요?"

준후가 다소 놀라 말을 조금 더듬자 옥결은 뒷짐을 지고 걷기 시작했다.

"일단 이야기 좀 하자."

그러면서 옥결은 척척 거침없이 정자 쪽으로 향했다. 준후는 잠시 망설이다가 옥결의 뒤를 따랐다. 그래 봐야 좁은 공간이었기에 몇 발자국 가지 않아 바로 정자에 도착했다. 옥결은 편하게 털썩 정자에 아무렇게나 걸터앉으며 말했다.

"너도 앉아."

준후는 어쩔 수 없이 옥결의 옆에 나란히 앉았다. 그러자 옥결은 고개를 쳐들고 소리를 쳤다.

"차 좀 내와."

그러자 준후의 곁에 누군가가 갑자기 나타났다. 아무런 기척도 없이 스르르 나타난 덕에 준후는 조금 놀랐다. 사실 그것뿐만 아니라 나타난 자의 형상이 너무도 괴이해서 더욱 놀란 것이었다.

나타난 것은 옥결보다도 더 어려 보이는 여자아이였다. 그런데 놀랍게도 그 소녀는 온몸 전체가 암울할 정도로 뿌연 회색이었다. 양 갈래로 머리를 땋아 내린 것 외에는 얼굴조차 잘 구분할 수 없을 정도로 형체도 불확실했고 표정도 없었다. 애초에 생명이라고는 조금도 느껴지지 않을뿐더러, 준후가 흔하게 상대했던 악령 같은 기운을 미미하게 느낄 수 있었다. 소녀는 양손에 옻칠한 팔각 쟁반을 받쳐 들고 있었는데 쟁반 위에는 소박한 다기가 보였다. 소녀의 회색빛과 대비라도 하듯, 쟁반이나 다기의 색은 선명했다. 쟁반에 놓인 찻잔은 두 개였다.

소녀는 무표정하게 옥결과 준후의 사이에 쟁반을 내려놓았다. 조용했지만 어딘가 불안하고 뭔가 위태위태한 몸가짐이었다. 준후는 자신의 앞에 찻잔을 놓는 소녀와 눈이 마주쳤는데, 소녀의 눈은 그냥 한없이 깊고 모든 것을 빨아들일 것 같은 구멍 같아 보였다. 순간 준후는 굉장한 섬뜩함을 느꼈다.

그때 옥결이 말했다.

"손님이야. 먹을 것 아니다."

그러자 소녀는 재빨리 준후에게서 눈을 돌렸다. 그리고 옥결의 앞에 나머지 찻잔을 내려놓더니 뒤로 한 발자국 물러섰다. 소녀는 옷인지 뭔지 구분도 안 되는 회색의 몸에서 뭔가를 꺼내 들었다. 보니 골격이 온전히 붙어 있는 작은 동물의 회색 해골이었다. 소녀는 그 해골의 목을 비틀어 돌리기 시작했다. 목이 비틀어질 때마다 해골은 신음하며 조금씩 발버둥 쳤다.

뭐라고 말하기도 힘든 기괴한 분위기에 준후가 넋을 놓고 있자, 옥결이 소녀에게 말했다.

"가."

그러나 소녀는 움직이지 않았다. 옥결은 쓴웃음을 지으며 다시 말했다.

"수고해 줘서 고마워. 그러니 가."

그제야 소녀는 다시 온데간데없이 사라져 버렸다. 준후는 어이가 없어 멍하니 앉아 있을 뿐이었다. 옥결은 손수 찻주전자를 들고 준후에게 따라 주며 말했다.

"귀엽지?"

당연히 준후에게는 귀엽기는커녕 두려운 존재였기에 아무 대답도 하지 못했다. 그러자 옥결은 웃으며 말했다.

"너도 아직 멀었구나. 만물을 똑같이 볼 줄 안다면 저 애가 얼마나 귀여운지 알았을 텐데."

"저 아이……는 누굽니까? 아니, 뭡니까?"

준후가 간신히 묻자 옥결은 심드렁하게 자신의 찻잔에 차를 따르며 대답했다.

"유계(幽界)에 갔을 때 데리고 온 애야. 귀여워서 주워 왔다고나 할까. 이름 따윈 당연히 없고."

"유계요?"

"아, 그런 세계가 있어."

"저승 같은 곳 말인가요?"

"그건 사계(死界)고, 거긴 너희 인간들에게도 유익한 곳이야. 뭐랄까…… 공무원들이 영혼을 건져 보려고 애쓰는 세계라고나 할까. 유계는 그곳과는 달라. 그냥 아예 가망 없는 영혼을 보내는 곳이지."

"그런가요?"

"그렇지만 그런 곳에도 희망은 있는 거야. 방금 저 애, 귀엽잖아."

"또 다른 세계도 있나요?"

"아, 우주 팔계(八界) 몰라? 신성광생사유환마(神聖光生死幽幻魔) 말이야."

준후가 고개를 젓자 옥결은 혀를 찼다.

"아는 게 없구나? 됐고, 차나 들어."

옥결이 다짜고짜 권하자 준후는 조심스레 찻잔을 손으로 들었다. 차는 따뜻했고 향기도 좋았다. 준후는 분명 영혼 상태일 것인 자신이 이렇게 차를 마신다는 게 좀 믿어지지 않았다. 그러자 옥결이 귀신같이 눈치를 챈 듯 말했다.

"너, 지금 몸이 있어. 차 대접을 하려는데 몸이 없으면 느끼지도 못하잖아. 여기, 내 집에 오는 자는 어떤 존재건 그에 맞게 형체가 생겨. 요즘 말로 하면…… 자동이야. 하하."

준후가 믿어지지 않아 멍하니 있자 옥결은 다시 말했다.

"차 들자고."

그러면서 옥결이 먼저 차를 마시자 준후도 찻잔에 입을 댔다. 차는 굉장히 향긋했고 목 넘김도 좋았다. 준후가 평생 마셔 본 차 중에서도 손꼽을 만했다. 그러자 옥결이 다시 웃었다.

"괜찮아? 마실 만해?"

"네. 아주 좋습니다."

"괜히 하는 말 아니지?"

"네. 다기도 훌륭하군요."

"다기는 별거 아냐. 아, 삼백 년 정도 된 물건이니 요즘으로 치면 골동품은 되겠지만. 뭐, 장터에서 그냥 사 온 거야."

"사 왔다고요?"

옥결은 하하 맑게 웃었다.

"그러면 내가 그릇을 굽겠냐? 이 차도 사 온 거라고. 마트에서."

"마트……라뇨?"

도저히 분위기에 맞지 않는 것 같아 준후가 다시 말을 더듬자 옥결이 또 웃었다.

"그러면 내가 차나무도 키워야 해? 아니면 훔쳐? 지금 입은 것도 다 산 건데? 물론 약간 손은 봤지만."

"속세에 드나들기도 하시나요?"

"아, 자주 가. 안 그러면 심심해서 어떻게 살아? 물론 내 본모습은 보이지 않지만 말이야. 지금 네가 보는 모습이 내 진짜 모습이고."

"그렇군요."

"그리고 속세라는 표현, 난 안 좋아해. 너 무슨 고고한 척이라도 하고 싶은 거야? 그냥 다 같이 내가 있는 세계일 뿐이잖아. 여기건 거기건 다 소중한 세상이야. 그저 생계(生界)지."

"그렇군요."

"물건 살 때는 내가 그 세상에서 번 돈만 쓰니까 아껴 써야지. 그나저나 다기가 중요한 게 아니라 차 끓인 솜씨가 중요한 거야. 내가 직접 끓인 거라 공치사하는 게 아니라, 공 많이 들였다고."

"아까 그 아이가 한 게 아니고요?"

"내가 끓인 거라고. 널 부르려고 준비해 뒀던 거야."

"준비해 두셨다고요? 어떻게 아시고……."

그러자 옥결은 발끝으로 정자 주변에 있는 연못을 가리켜 보였다.

"저거 연못 같지만, 아냐. 우주 팔계 어디든 보고 싶은 곳은 다 보여 주는…… 그러니까 뭐랄까, CCTV 화면 같은 거야. 당연히 너도 봤지."

그러다가 옥결은 찻잔을 가볍게 내려놓고 다시 엄숙한 표정을 지으며 말했다.

"그럼 본론으로 돌아가 보자. 너, 왜 떼를 쓰는 거냐?"

"떼를 쓰다뇨."

준후가 찻잔을 내려놓으며 되묻자 옥결은 약간 인상을 썼다.

"너, 떼썼잖아. 세상, 정확히는 지구에 불과하지만, 모조리 멸망시켜 버리겠다느니 하면서 말이야."

준후는 잠시 침묵하다가 말했다.

"왜 그랬는지 이미 아시잖습니까?"

"너, 이제 막 초월의 경지에 들어선 것 알고 있지? 법칙에 대한 권능을 얻었으니까."

"네."

"그런데 그걸로 다짜고짜 뭐? 물 분자에 대한 결합력에 권능을 쓴다고? 그래서 지구상의 모든 생명체를 없앤다고?"

그 말에 준후는 무겁게 대답했다.

"그렇게 말한 건 사실입니다. 전 굉장히 분노했고, 슬펐으니까요."

"동료들의 죽음 때문에?"

"네. 정확히는 죽음보다도, 희생이 당연시되는 게 너무 싫었어요. 무엇보다……."

준후는 애써 평정심을 되찾았지만, 다시 무너지려 하고 있었다. 더는 말을 이을 수 없었다. 금세 준후의 두 눈에는 눈물이 가득 샘솟아, 뚝뚝 떨어지기 시작했다. 옥결은 그 모습을 잠시 바라보다가 조용히 말했다.

"그래, 듣긴 했어. 무슨 보상을 바란 건 아니라는 걸. 그렇게 애쓰고 모든 것을 희생한 네 동료들이 아무런 평안도 행복한 시간도 얻지 못한 게 화가 난다는 네 말. 그런 세상이라면 구할 가치도 없고, 네가 구했으니 도로 없애겠다는 말도."

준후는 눈물을 훔치기만 할 뿐, 대답하지 못했다. 그러자 옥결은 다시 말했다.

"그 말에는 조금 동의해. 그래도 넌 너무 나갔어. 그렇다고 해도 그런 짓을 할 생각을 하다니. 너, 정말 그럴 건 아니었지? 주변의 바보들에게 힘을 보태 달라고 협박한 거지?"

"모르겠습니다. 사실 지금 생각해 보면 그런 것 같기도 합니다만, 그땐 정말 제정신이 아니었어요."

그 말에 옥결은 작게 한숨을 쉬었다.

"그래 봐야 넌 아직 초짜야. 그나마 세상을 구한 것 덕분에 간신히 초월의 경지에 이르러서 말단 권능 하나 생긴 거고, 아직은 극히 미약한 거였다고. 막 초월 경지에 들어갔기에 가장 작은 분자 단위에나 통할 수 있었고, 그나마 지구를 구한 셈이기에 지구 전체가 영향권에 들었을 뿐, 초월 경지에서는 아주 미약한 수준이었다고! 그걸 그딴 식으로 바로 써먹다니. 너 같은 녀석은 인류 역사상에서도 없었을 거야."

준후는 또다시 대답하지 못했다. 그러자 옥결은 넌지시 말했다.

"네가 그런다 해도 너보다 강한 자들…… 가령 내가 막으려 했다면 어땠을 것 같아?"

그 말에 준후는 조용히 대답했다.

"그러지는 못할 거라 생각했어요."

"왜?"

"아무리 작은 권능이라도 그건 합당한 '권능'이니까요. 그건 기존 물리 법칙이나 다른 강자들의 의사도 배제하고 제게 주어진 권한입니다. 저보다 훨씬 강한 존재도 많겠지만, 적어도 그것만은 건드릴 수 없었을 겁니다. 실제 제가 지구를 망하게 만들어도 말이죠."

준후가 확고하게 이야기하자 옥결은 고개를 끄덕였다.

"그래. 너 제법 이해하고 있구나. 그건 맞는 말이다."

"네."

"그런데 말이지, 지구를 네가 망하게 해 봐야 사실 별건 아냐. 내가 다시 만들면 그만이거든."

"네?"

준후가 깜짝 놀라자 옥결은 웃으며 말했다.

"너, 내가 뭐 하는 존재인지 알아?"

"신……입니까?"

준후가 묻자 옥결은 피식 웃었다.

"에이, 날 너무 과대평가하지 마. 신은 나도 아직 실제 존재하는지 아닌지도 모르거든? 난 그런 엄청난 존재는 아냐."

"그러면요? 확실히 당신은 거의 전능한 것 같은데요."

그러자 옥결은 살짝 웃으며 대답했다.

"난 '천기의 수호자'[1]야. 이름은 거창하지만 그래 봤자 지구 한 정이야. 네가 보기엔 전능이라고 하지만, 모든 법칙에 권능을 가진 것도 아니고 말이야. 그리고 중요한 건, 주로 하는 내 업무가 네가 하려던 그 미친 짓 같은 걸 막거나 만회하는 일이란 거야."

## 천기의 수호자

준후는 몹시 놀랐다. '천기의 수호자'라는 명칭조차 처음 듣는 것이지만, 인류를 수호하는 입장이라는 것은 확실히 알 수 있었다. 옥결은 웃으며 지나가듯 말했다.

"그렇다고 인간들 일에 함부로 간섭하지는 않아. 그래서 할 일도 그리 많지는 않지. 뭐, 예를 들면 우주 저편에서 지구를 향해 날아오는 돌덩어리를 부순다거나……."

---

1  『퇴마록』과 같은 세계관을 공유하는 작품인 『왜란종결자』에서 400여 년 전 강은호(은동)가 맡았던 반신(半神)적인 역할로, 우주 팔계들 중 지구를 포함한 세계인 생계를 수호하는 일을 한다. 은동이 300여 년 전쯤에 있었던 진정한 대위기를 막기 위해 사라진 이후 그의 아들 강옥결이 그 역할을 이어받아 현재에 이르기까지 이면(裏面)에서 지구를 수호하고 있다. 처음에는 마계(魔界)를 상대하기 위해 만들어졌으나, 마계가 섭리(은동)에 의해 눌린 이후 인간 스스로가 할 수 있는 일들에는 개입하지 않고 이면에서나 힘을 쓰는 등 하는 일의 성격이 다소 변했다. 이 모두가 인간에게는 비밀이므로 인간들은 그 존재를 모르며, 본문에서도 준후가 영혼 상태이기 때문에 천기의 수호자인 옥결을 만날 수 있었다.

"운석을요?"

준후가 놀라 말했지만 옥결은 아무렇지도 않다는 듯 대답했다.

"응."

"항상 그러나요?"

"뭐, 간혹 있는 일이니 바쁘진 않아. 그래도 게을리하면 안 돼. 한 백 년 쯤 전에 귀찮아서 하찮아 보이는 혜성 같은 걸 놔뒀더니 좀 크게 난리가 났더라고. 다행히 죽은 사람이 없었지만 많이 혼났다고."

준후는 옥결의 말을 듣고 1908년에 일어났다는 퉁구스카 대폭발 사건을 기억해 냈다. 이 사태의 원인은 지금도 명확하지는 않지만, 하늘에서 떨어진 혜성형 운석의 탓으로 분석되곤 한다. 그때 떨어진 운석은 무려 이십 메가톤 정도의 핵무기급 위력으로 지면에 작렬해 주변 일대를 전부 초토화시켰다. 다행히 인적이 거의 없는 시베리아 한복판에 떨어져서 사상자는 나오지 않았지만, 그위력과 충격은 아직까지도 종종 여기저기에서 소개되곤 했다.

"그런 운석들을 당신이 다 막아 주는 겁니까?"

"그랬지. 뭐 적어도 내가 천기의 수호자를 맡은 사백 년 정도는 줄곧."

옥결은 귀엽게 기지개를 켜 보이며 말을 이었다.

"그거 생각보다 귀찮아. 아예 사람들이 무지했을 때는 차라리 편했는데, 망원경이 점점 발달하니까 사람들이 볼 수 있잖아. 그러니 점점 먼 데서부터 잘 생각해서 일찌감치 없애 버려야 하거든.

심지어는 몇백 몇천 광년 너머까지 들여다봐야 하니 귀찮다고."

"왜 그래야 하죠?"

"사람들이 몰라야 하니까."

"왜 몰라야 하는데요?"

옥결은 어이없다는 듯 멍하니 준후를 바라보는 것으로 대답을 대신했다. 그러더니 준후의 질문은 무시하고 제 할 말만 했다.

"그런데 곧 더 이상 안 해도 될 거야."

"더 이상 지구를 향한 운석이 없다는 건가요?"

그 말에 옥결은 고개를 가로저었다.

"아니, 이젠 인간들이 더 많은 것을 보기 시작했으니까. 이제는 자기들이 알아서 해야지."

"실패하면요?"

옥결은 단호하게 말했다.

"알아서 책임져야지."

그리고 다소 인상을 찌푸리며 준후에게 말했다.

"알 만한 녀석이 왜 그래? 아무 힘도 없고 알지도 못하는 사이에 인간이 멸종하는 건 막아 줄 수 있지. 그러나 자기들이 안 이상은 스스로 책임을 져야 하는 거야. 그게 아니면 또 떼쓰려는 거야?"

옥결의 말은 평범했지만 준후의 가슴속을 꿰뚫듯 지나가는 것 같았다. 그래도 준후는 이것이 기회 같아서 오랫동안 궁금했던 것을 물었다.

"그러면 악마 같은 존재들은 왜 그냥 내버려두시나요?"

그 말에 옥결은 웃으며 손가락을 하나 들어 가볍게 저어 보였다.

"너무 간단하게 생각하지 마. 보통 악마라고 하지만, 사실은 마계의 권속들이지."

"마계요?"

"그래. 아까 말했잖아. 신성광생사유환마. 우주 팔계 중의 마계. 너희 인간 입장에선 그들이 모든 악의 근원 같겠지만, 꼭 그런 것만도 아니니까. 큰 섭리의 일환일 뿐."

"그러나 많은 사람이 고통받고 있어요. 더구나 세상을 멸망시키려 했다고요. 제 주변 사람들도 그들 때문에……."

준후가 다시 눈물을 흘리자 옥결은 안쓰럽다는 듯 말했다.

"아, 그래. 그건 참 안됐어. 그런데 그게 참 애매한 일이어서 말이지."

"뭐가요?"

"마계 존재들이 인간들을 미워하는 건 사실인데, 그들도 좀 변했거든. 이제는 더 이상 세상을 멸망시키는 일 따위는 하지 않아."

"그러나 그들은 실제로 그러려고 했어요! 수천 년 전부터 계획을 세워서……."

"알아, 알아. 그래서 문제가 된 거야. 사실 내가 태어날 즈음해서 마계가 제일 설쳤었지. 그런데 그때 우주의 대섭리가 누군가에게 깃들어서 한 번 그들을 손봐 줬어."

"누구에게요?"

그 말에 옥결은 다소 자부심이 느껴지는 듯, 뿌듯한 표정으로 말했다.

"우리 아버지."

"아."

"그래서 그 이후로 마계는 근본적으로 변했지. 뭐, 어떻게 했는지는 정말 아는 자가 없어서 모르지만…… 지구 수억 개는 들어갈 만한, 한 세계 전체를 무릎 꿇리고 복속시킨 건 사실이야. 마계를 때려 엎거나 깡그리 소멸시키는 것보다 그게 더 힘든 일이었는데 그걸 아버지는 해냈지. 아무튼 그래서 그 이후로 마계는 많이 순해졌는데, 그래도 이전에 인간들을 미워하던 증오심만은 남아 있어. 그래도 어떻게든 통제 가능한 정도라고."

"그런 존재들이 왜 있는 거죠?"

옥결은 다시 표정을 굳히며 대답했다.

"너희 잘못도 크니까. 오히려 마계가 억울한 면이 있으니까. 아마 정확히 아는 존재는 거의 없을 테지만, 믿을 만한 위대한 존재들이 마계를 인정하고 이 정도로 그치는 건 다 이유가 있는 거라고."

"그 이유를 당신도 모르나요?"

"슬프게도 난 몰라. 어쩌면 아버지는 알지도 모르는데, 이미 아버지는 우리 세계에서 사라져 버렸어."

"돌아가셨나요?"

"그건 절대 아냐. 절대 죽을 수 없는 존재거든. 네 곁에 있던 해밀턴과는 격이 다르게. 전 우주가 죽이려고 해도 죽일 수 없는 존재가 우리 아버지야. 나도 천기의 수호자지만, 아버지와는 비교할 수 없어. 우주 전체가 아버지에게 전권을 위임했었으니 당연한 거지."

"그럼 당신의 아버님이 신이셨던 건가요?"

"그것도 아니야! 아무리 아버지라고 해도 신은 아니라고! 제일 간단하고 정확하게 말해 줄까?"

"네?"

옥결은 미소를 지으며 말했다.

"아버지도 엔트로피(Entropy)를 감소시킬 수는 없었어. 대답이 됐어?"

준후도 엔트로피의 개념 정도는 알고 있었다. 엔트로피란 어떤 행동을 하려 하면 에너지가 증가하는 것을 뜻했다. 특히 시간과 관련된 행동은 원래대로 되돌리려고 하는 양자 복원 원리에 맞물려 무한한 행동의 반복을 일으켰다. 그렇게 되면 영원할 수밖에 없을 것 같은 전 우주조차도 마침내는 모든 것을 잃고 영원한 공허로 빠지게 될지 몰랐다. 사실상 우주가 언젠가는 종말을 맞이할 수밖에 없을 거라는 증거도 바로 이 엔트로피 원리 때문에 확정적으로 증명되는 것이었다. 엔트로피를 감소시키는 방법은 아직도 개념적으로 추정만 할 뿐이었다. 결국 우주 전체의 가장 근본적 원리이면서도 실질적으로는 밝혀진 것이 없는 것. 그것이 엔트로피였다.

준후는 곧 옥결이 —비록 신은 아니지만— 지금껏 자신이 믿어왔던 신격과는 많이 다르다고 생각했다. 따지고 보면 신의 모습을 처음 추정할 때의 낡은 면모를 그대로 간직하고 있던 게 실수였는지도. 그것도 나름의 가치는 있지만 사실 이편이 더 정상일지도 몰랐다. 그 시대에 맞는 개념과 언어와 형상을 사용하며, 그럼에도 인간이 절대 다가갈 수 없는 영역에 존재하는.

"그게 신의 절대적인 조건인가요?"

준후가 묻자 옥결은 고개를 가로저었다.

"아니, 아마도 최소 조건이겠지."

"그렇군요."

"그런데 이런 시시콜콜한 이야기만 할 거야?"

"그렇군요. 그렇다면 이번에 저희가 겪은 위기는요? 악마들이라고 해도 세상의 멸망까지는 바라지 않는다면, 왜 이런 위기가 생기는 거죠?"

"아, 그게 몇천 년 전부터의 계획이라서 문제가 됐던 거야. 그들은 이미 몇만 년 전부터 인간을 멸망시키려고 갖은 수를 썼어. 내가 운석 때문에 바쁘다고 말했지? 원래 운석은 확률적으로 자주 떨어지는 게 아닌데, 내가 왜 바빴겠어?"

"설마 마계가 운석을……."

"그래. 아예 노골적으로 쏟아지게끔 작업을 해 뒀더라고. 심지어는 가까이 있으면 들통나니까 아주 먼, 수십, 수백 광년 너머까지 별이 터지고 운석이 지구를 향하게 장치해 둔 게 엄청나게 많았다고. 그래서 오는 데만 수천수만 년이 걸리더라도 어떻게든 언제가 되었든 지구를 부숴 버리려 한 거야."

"엄청나네요."

"나중에 상황이 바뀌긴 했지만 그때 놈들이 해 놓은 짓 때문에 내가 엄청나게 바빴다고. 상당수가 내가 천기의 수호자가 될 즈음부터 떨어지게 돼 있어서. 그래도 인간이 망하진 않았으니 나도 꽤 한 거 맞잖아?"

"그러네요. 엄청난 일을 하고 계셨군요."

"아부는 됐어. 아무튼 너희들이 겪는 위기는 이 운석 문제와 마찬가지야. 몇천 년 전에 계획은 짜 놨는데, 그사이 마계 존재들의 의식 자체가 변해 버린 거지. 그래서 아주 애매한 상태가 돼 버렸어. 그들도 계획을 짠 건 생각나지만, 왜 그래야만 하는지도 잊었고, 이제는 은근히 그러기도 싫어졌던 거야."

"그게 무슨……."

"마계 전체의 의식이 변해서 그렇게 된 거야. 그래서 사실 이 계획에서 마계 존재들, 너희들이 악마라고 하는 자들은 상당히 한 발 뒤로 물러서 있었고, 다소 애매한 태도를 취했어."

준후는 놀랐지만, 그래도 조금 이해는 갈 것 같았다. 사실 아무리 퇴마사들이 애를 써도 악마들 자체를 이기는 것은 불가능할 정도로 힘의 격차가 컸다.

"과거 마스터라는 적이 있었죠. 그가 지옥문을 열려고 했을 때, 우리는 모두 완전히 압도당했어요. 그리고 마스터는 지옥문을 열었죠. 그런데 거기서 나온 악마가……."

옥결은 이미 알고 있다는 듯 조용히 미소를 지으며 덧붙였다.

"아스타로트? 너희는 그렇게 불렀지?"

"네. 그런데 그는 오히려 마스터를 역으로 해치워 버렸어요. 물론 인간들에 대한 증오심을 버리지 않았지만……."

그 말에 옥결은 웃었다.

"아마 많이 짜증 났을 거야. 그때 이미 마계는 인간 세상을 대놓고 멸망시키지는 않게 됐는데, 굳이 그 녀석이 자기를 불러서 혼날 일을 시키니까 열받고 화도 났겠지. 아, 물론 그렇다고 마계의 존재가 너희 편이라는 건 아냐. 그들은 여전히 인간을 적대시하니까. 다만 크게 보아서 우주 질서 안에는 편입됐다는 거지."

"그런가요? 그러고 보니 이후에도 아스타로트나 블랙 엔젤 등의 태도가 애매하긴 했어요."

"아, 그 나이 많은 누나?"

"누나……라고요?"

"아, 그냥 내가 그렇게 불러. 만난 적 있거든."

"아무튼 블랙 엔젤은 백호 아저씨를 죽게 했고……."

"잘 생각해 봐. 마계 존재가 인간을 직접 죽이는 건 상당히 큰 범죄야. 가령 너희가 악마와 상대한다 쳐도, 그들은 너희를 죽이지 못해. 실제로 그럴 수 있다면 그냥 너희부터 죽이면 간단했을 거잖아."

"그런 거였나요? 저는 섭리 때문에 그런 줄로……."

"물론 예전부터 그들도 섭리를 따르는 척은 했지. 그러나 아버지가 뭔가 하신 이후로는 그들도 이제는 온전히 섭리를 따르게 됐다고. 그 누나도 백호라는 사람을 직접 죽이진 못했을 건데?"

"그건…… 그래요. 그러나 백호 아저씨를 이용했고 결국은 자살하게 만들었죠."

"그건 할 수 없지. 그들도 증오심은 있으니까. 직접적인 방법만 아니면 그런 것으로까지 그들을 제재할 순 없거든. 너희 스스로가 책임져야 할 부분이라서 말이야."

옥결이 아주 쉽게 말하자 준후는 침통하게 말했다.

"그러면 우리가 한 일은 뭐죠? 악마들이 정말 세상을 멸망시킬 생각이 없었다면, 말세의 위기도 아니었다는 건가요?"

그 말에 옥결은 정색하고 딱 잘라 말했다.

"그럴 리 없잖아. 분명 그건 인류 입장에선 엄청난 위기였어. 비록 악마들이 조금 소극적이었더라도, 미친 인간들하고…… 뭐랄까, 요즘 말로 시너지를 일으켜서 아주 막장으로 가던 상황이었고. 특히 그 아하스 페르츠 같은 인간까지 엮여서……."

"해밀턴 씨 말인가요?"

"그래. 그 인간이 정말 골칫거리였어. 인간에 초월 경지도 아닌 주제에 그 몸에 한해서는 우주적인 법칙까지 왜곡시키도록 돼 있었으니 말이야. 그런데 인간일 뿐이니 초월자들이 간섭할 수도 없었지. 거기에 마계가 과거에 남긴 자취에 미친 인간들이 자발적으로 꼬여 들어 버려서 오히려 손조차 댈 수 없었어."

"왜 손을 못 대죠?"

그 말에 옥결은 어이가 없다는 듯 가차 없이 말했다.

"이봐, 장준후. 네 입장에서야 지구와 인간이 중요하겠지만, 그것도 어디까지나 큰 원칙과 섭리하에서야. 그렇게 손을 댈 거면 자유 의지란 걸 왜 남겨 놨겠어? 가장 옳은 생각, 가장 안전한 길만 던져 줄 바에야 그냥 모든 인간의 생각을 다 없애 버리고 박제해서 전시해 놓는 게 낫지 않겠어? 너희 인간들이 저지른 짓은 최소한 너희 인간 선에서 정리해야 하는 거야!"

옥결의 말은 조금 언성을 높인 정도지만, 그 말은 준후의 마음에 마치 칼처럼 박혀 들어와 순간 굉장한 고통을 주었다. 심적인 것이 아니라 정말 옥결의 평범한 말 한마디에도 굉장한 힘이 깃든 것 같았다. 준후가 대답하지 못하고 고개를 숙이자 옥결은 좀 심했다 싶었는지 슬쩍 말꼬리를 돌렸다.

"아, 미안. 좀 아팠어?"

"괜찮아요."

"말할 땐 힘을 완전히 빼야 하는데, 나도 모르게…… 사과할게."

"별것 아닙니다. 정말 괜찮으니 그렇게 사과하실 것 없어요."

준후의 말에 옥결은 피식 웃었다.

"너 정말 괜찮았던 것 같아? 너 사실, 방금 완전히 소립자 단위로 분해됐었어."

"네? 언제요?"

"재빨리 복원해 놔서 눈치 못 챘지? 아예 가루가 됐으니 당연히 기억도 없겠지. 그래도 일 나노초 동안은 소멸됐는데 사과 정도는 해야 맞잖아. 미안했어."

준후가 놀라자 옥결은 얼버무리듯 재빨리 화제를 돌렸다.

"아무튼 말이야, 네가 한 상황을 보고 하도 답이 없어서 그냥 지구를 싹 밀고 다시 시작하는 게 낫지 않을까 생각까지 했었다고."

"그런⋯⋯가요?"

"그런데 아하스 페르츠도 너희 일행이 마음을 돌려줬지. 그 인간이 만약 이번에 너희 편이 되지 않고 설쳤으면, 거기에다 과거 마계에서 설계한 것들과 못된 녀석들의 좁은 생각이 합쳐졌다면⋯⋯ 최소한 인류는 분명 끝장났을 거야. 너희는 정말 공이 크다고. 그러니 생존한 네가 초월의 경지로 올라설 수 있었지. 권능도 아무에게나 주어지는 거 아니라고. 우리 아버지만은 못했지만."

준후는 초월 경지에 들어선 자신조차 느끼지도 못할 사이 분해했다가 다시 만드는 옥결의 능력에 새삼 반쯤 넋이 나갔다. 그러자 옥결은 은근히 실수한 것이 맘에 걸리는 듯, 묻지도 않는 말을 변명처럼 중얼거리기 시작했다. 이럴 때는 영락없이 아이 같았다.

"그런데 이거 알아? 우리 아버지가 일 대 천기의 수호자이긴 하지만, 나는 예전에 우리 아버지가 그냥 처자식을 버리고 가출한 망나니인 줄로만 알았어. 그런데 이런 따분한 자리를 세습하라고 하잖아. 아주 화났고 짜증 났었지."

"그래서요?"

"도망쳤지! 여기도 사실 우리 아버지가 만들어 놓은 곳이라, 우주 팔계를 마음대로 드나들 수 있거든? 아, 사실 그냥 팔계라고는 하지만, 신계(神界)는 원래 못 가고 그때는 마계에 갈 수도 없었어. 그땐 아버지에게 마계는 적지였으니까. 물론 지금은 가려고 하면

갈 수 있지."

준후는 보기보다 이 공간이 엄청난 곳이라고 생각했다. 그러자 옥결은 다시 말을 이어 갔다.

"아무튼 그래서 아무 세계로나 막 도망 다녔어. 참 철이 없었지. 아까 본 애도 그때 유계에서 주운 거야. 일단 한번 도망쳐 보니 무엇보다도 어머니가 무섭더라고. 어머니가 화나시니 정말 무서웠어. 잡히면 정말 끝장날 것 같아서 정말 죽을힘을 다해 도망 다녔는데, 그러다가 아버지의 행적을 여기저기서 찾게 됐어. 마계에서 결정적인 이야기를 알게 됐고."

옥결은 잠시 말을 끊고 자부심이 담긴 뿌듯한 표정으로 허공을 바라보며 말했다.

"한 번도 보지 못한 아버지라 생각했고, 내게 아무것도 해 준 적 없다고 생각했는데, 실은 내가 가는 모든 세계, 모든 것이 아버지의 도움을 받은 거였어. 그래서 돌아왔고, 아버지를 이어 이 자리를 맡은 거야."

"아버님이 굉장한 분이셨군요."

"아, 굉장했지. 아마 능력만으로 따지면 우주 역사상 최고였을 거야. 우주 전체가 전폭적으로 모든 힘을 밀어줬으니까."

"그분의 성함은……."

"모르는 게 나을 거야. 아버지가 그랬다는 건 상당한 비밀이니까. 어머니에게조차 말할 수 없거든. 그래도 네겐 말해도 상관없으니 오랜만에 떠들어 본 거야. 난 말할 상대가 별로 없어서 말이지. 그래도 아버지의 이름까진 말할 수 없어.”

옥결이 웃으며 긴 말을 마치자 준후는 조심스레 물었다.

“그런데 왜 제겐 말해도 상관없는 거죠?”

“알고 싶어?”

“예.”

그러자 옥결은 준후를 보며 한숨을 한 번 쉬었다.

“이봐, 장준후. 네겐 사실 비밀 따위 아무 의미 없어.”

“초월 경지에 들어섰기 때문인가요?”

옥결은 다소 슬프게 웃으며 고개를 저었다.

“아냐, 넌 이미 죽은 존재고, 조금 있으면 아마 우주 전체에서 사라질 테니까. 그러니 비밀 따윈 상관없는 것뿐이야. 네 불완전한 계획은 완벽하게 실패했고, 이제는 그에 대한 책임을 져야 할 때니까.”


## 완벽한 실패

준후는 옥결의 말에 큰 충격을 받았다. 애초부터 성공할 거라고 확신하지 못했다. 그러나 완벽하게 실패할 것이라고도 생각지 않았다. 그리고 자신이 이미 죽은 상태라는 것도 새삼 충격을 주었다.

“저……는 완전히 실패한 겁니까?”

준후가 떨리는 목소리로 묻자 옥결은 서슴없이 냉혹하게 말했다.

"응."

옥결은 준후에게 잔소리라도 하듯 말했다.

"애초부터 너는 시간 역행이라는 개념을 잘못 잡았어. 시간은 그렇게 단순한 게 아냐. 그리고 그로 인해 벌어질 불합리에 대해서도 나름 신경을 썼다지만, 그런 알량한 준비로 메워질 만한 게 아니었다고."

준후는 아무 대답도 할 수 없었다. 옥결은 그런 준후를 놔두고 뒷짐을 진 채 주변을 돌면서 말했다.

"애초에 너는 영혼 상태로 과거로 가면 나머지 일들은 양자 복원 원리로 어떻게든 될 거라 생각했지? 그것부터 틀렸어. 양자 복원 원리는 그렇게 뒤치다꺼리를 위해 있는 게 아니라고. 그건 네가 과거로 가서 불합리를 발생시키는 순간, 그 즉시 너와 그에 관련된 모든 것을 기억 한 줄기까지 지워 버리고 합리화하는 거야. 너희가 기댈 것이 아니라, 오히려 가장 중요하게 극복해야 하는 대상이었다고."

준후는 고개를 숙인 채 아무 대답도 할 수 없었다. 그런 준후를 옥결은 매정하리만치 몰아붙였다.

"그것뿐만이 아냐. 너는 팔자 좋게 어떻게든 과거로 가서 상황을 바꾸면 현재도 알아서 바뀔 거라 믿었지만, 실제로 어떻게 될지는 알 수 없어. 지금 나조차도 어떤 식으로 결과가 나올지는 정확히 모른다고! 왜냐면 해 본 적도 없고 할 수도 없으니까! 너의 존재가 양자 복원 원리이건 섭리에 의해서건 지워지거나 투명해질 수도 있고, 차원이 갈라져서 사고의 개념에 의해 우주가 분화될 수도 있지. 그런 가설도 있다고! 그런데 그럴 경우 양 우주는 절대로 만나지 못해. 만나는 순간 같은 차원으로 개념적으로 합해지기 때문이지! 네 철없는 생각대로만 될 것 같았어? 차원이 다르다는 건 서로 왕래할 수 없기에 다른 것이고 개념이란 건 확증된 지식에 의해서만 정해지는 거라고. 지식도 없이 자기 멋대로 개념을 정한다고 그게 진짜 개념이 되고 현실이 될 줄 알았어?"

준후는 견디기 힘들 정도의 슬픔과 수치심을 동시에 느꼈다. 그럼에도 옥결의 비난은 계속됐다.

"더구나 그렇다고 한들 준비도 형편없어. 네 멋대로 육체를 남겨 두고 돌아와 안착되기를 바랐다고? 나머지는 팔자 좋게 양자 복원 원리에 맡기고? 네가 한 건 갓난아기가 하는 것과 다를 바 없어. 떼만 쓴다고 섭리가 그에 맞춰 달래 줄 것 같아?"

그러더니 옥결은 마치 준후를 대놓고 비난하듯 얼굴을 바싹 들이밀며 말했다.

"그 육체, 내가 이미 없애 버렸어! 그러니 넌 실제로 죽은 거야. 그리고 남은 네 영혼도 처벌해야 해. 안 할 수가 없어! 너는 너무도 무모하게 질서를 무시하는 짓을 저질렀어! 더구나 수많은 사람이 보는 앞에서, 그들의 기억에도 양자 복원 원리가 작용해야 한다는 것도 까맣게 무시하고 말이야. 아까 내가 엔트로피 이야기했지?"

준후는 여전히 대답을 못 했지만 옥결은 다시 한번 강하게 말했다.

"했어? 안 했어?"

"했어요."

"그리고 내 아버지조차도 엔트로피를 감소시킬 수는 없다고 했잖아?"

"네."

"이 답답한 놈아! 그런 불합리를 메우려고 뭔가 하다 보면 엔트로피가 계속 늘어나서 세상이 점점 불합리에 삼켜지게 된다고! 그리고 그걸 메우려면 엔트로피는 더 많이 증가하고! 그건 우주 전체의 수명을 깎아 먹는 짓이라고! 자칫하면 그것을 메우려고 전 우주가 희생돼 버리는 결과도 나올 수 있었어! 물론 그 전에 나나 섭리가 모든 걸 지워서 막을 수야 있겠지만, 그런 철없는 짓을 불확실한 생각만 가지고 함부로 한다고? 그게 될 줄 알았냐고! 네가 막아 낸 지구의 위기보다 몇 배는 더 큰 위기를 네 스스로 만든 셈인데, 그걸 어떻게 그냥 두냐고!"

그리고 옥결은 한숨을 쉬고는 힘없이 말했다.

"그래서 널 잡아 온 거야. 체포라고 하는 게 맞겠지. 그냥 뒀다가는 무슨 일이 벌어질지 모르니까."

그때까지 준후는 너무도 낙담해서 모든 것을 포기한 상태였다. 그러나 방금 옥결의 발언에서 문득 이상한 생각이 들었다.

'왜 굳이 잡아 온 걸까? 내 육신처럼 그냥 소멸시켜 버리는 게 편했을 텐데.'

그러자 자연스레 다음 생각이 이어졌다.

'옥결 씨는 나를 계속 보고 있었다고 했어. 그러니 진작 말릴 수도 있었을…… 아니, 자유 의지를 중시하기에 간섭하진 않았겠지.'

그래도 의문은 끊이지 않았다.

'정작 내게 권능에 대해 알려 준 건 옥결 씨였잖아? 내게 굳이 알려 주지 않았다면 나는 그런 게 있다는 것조차도 몰랐을 텐데.'

권능에 생각이 미치자 돌연 준후의 머리가 밝아지는 것 같았다.

'옥결 씨는 내 계획이 완벽하게 실패했다고 했어. 그러나 옥결 씨는 나에게 많은 호의를 보여 주고 있지. 옥결 씨가 신에 가까운 천기의 수호자인 걸 생각하면 부담스럽고 놀라울 정도로…….'

준후는 생각을 바꾸기 시작했다. 일단 옥결은 엄청난 위치에 있는 천기의 수호자였다. 비록 아이 행색을 하고 철없어 보이는 언행을 하고 있지만 그의 위치와 힘을 감안하면 절대 그것이 전부는 아닐 것이다.

'결국 옥결 씨는 시간 역행의 인과에 대해 나에게 경고한 거야. 그런데 그걸 제쳐 두고 생각해 보면…… 인과에 대해 그렇게 까다로운 옥결 씨가 자신의 언행을 함부로 할 리 없어!'

그러자 준후는 깨달을 수 있었다. 옥결이 진정 자신에게 주려는 것, 아니 줄 수 있는 것이 무엇인지.

옥결의 비난은 계속되고 있었지만, 준후는 돌연 소리를 냈다.

"제 권능은 아직 유효한가요?"

옥결은 하던 말을 멈추고 준후를 돌아보았다. 자못 근엄한 표정을 짓고 있었지만, 눈빛은 결코 적대적이지 않았다. 오히려 기대와 호의를 가진 것처럼 보였다. 그러나 역시 말투는 냉랭하게, 일부러 지어서 한 것처럼 티를 낼 정도로 건조했다.

"그래. 그게 골칫거리지. 넌 협박만 했지 아직 쓰지 않았잖아."

"제가 그걸 왜 안 썼을까요?"

옥결은 씩 웃으며 말했다.

"내가 모를 것 같아? 넌 날 협박한 거야. 사실 그 자리에 있던 사람 중 너와 가까운 누구도 네가 정말 그럴 거라곤 생각지 않았어. 그런데도 계속 그런 척한 것은 아마도 나 혹은 그와 비슷한 섭리에 대해 반항한 거겠지? 건방지게도 말이야."

준후 자체도 제대로 인식하지는 못했지만 확실히 그런 구석이 있었기에, 준후는 순순히 대답했다.

"예."

"네 계획이 불완전하다는 것은 너 스스로도 알았지?"

"예. 그래서 혹시라도 제 시도가 잘못되면 그것을 내세워 억지로라도, 한 번이라도 허용되게끔 무마해 달라고 할 의도가 있었던 것 같아요."

"그러나 네 계획은 완벽하게 엉터리였어. 그리고 그런 불합리를 껴안은 요구는 승낙할 수 없어."

그러자 준후는 말했다.

"인정합니다. 그러나 다른 방법이라면요? 시간 역행 말고요."

"아, 온전한 부활을 말하는 거라면 그것도 안 돼. 차라리 시간 역행이 나을 정도로 부활은 금지된 일이라서."

"그것도 아닙니다. 다만 실패를 인정하고 나니, 또 다른 생각이 떠올라서요. 아직 제 권능이 유효하다면 말이죠."

옥결도 흥미가 가는지 살짝 곁눈질로 준후를 보며 물었다.

"그게 뭔데?"

그러자 준후는 방금 생각난 것을 말했다.

"차라리 지구를 하나 더 만들어 주세요. 그래서 제가 하려던 일을 이룰 수 있게 해 주세요. 그게 제 소망이자 요구입니다."


## 새로운 세계


그 말을 듣자 옥결은 갑자기 깔깔 웃었다. 그러다가 뚝 웃음을 그치고 준후를 바라보며 물었다.

"네 권능은 분자 단위의 미약한 것인데, 그게 합당하다고 생각해?"

그러나 준후는 즉시 대답했다.

"제 권능은 분자 단위지만, 그보다는 영역이 중요하지 않을까요? 지구에 한정된 요구라면 불가능할 것 같지는 않아요. 그리고 알려 주신 개념에 따르면 제가 그렇게 개념을 설정하면 충분히 가능할 것 같은데요."

옥결은 미소를 짓더니 다시 말했다.

"지구를 새로 만든다는 게 무슨 뜻인지는 알아? 거기서 발생할 불합리는 어떻게 해결할 거야?"

"저는 요구했을 뿐이에요. 그것까지 다 알고서 요구할 필요는 없다고 생각해요. 그건 요구를 들어주실 당신이 해결할 문제라 생각하는데요?"

그 말에 옥결은 다시 한번 웃었다.

"떼를 쓰는군. 귀찮은데."

"이미 여러 번 떼를 쓴다고 말씀하셨습니다. 그래서 정말 떼를 써 보는 겁니다. 당신은 저를 좋아하는 것 같으니까요."

준후의 말은 좀 부끄러운 감도 있었지만 진심을 담은 것이었다. 옥결의 행동과 언행이 절대 제멋대로일 리 없다고 생각할 때부터 생각이 바뀐 것이다.

옥결은 이미 준후가 한 미친 짓을 놔두느니 싹 쓸어버리고 다시 시작한다는 말을 했다. 또 직접 보여 주기 위해 옥결은 일부러 실수인 척하면서 준후의 몸을 소립자 단위로 소멸시켰다가 재생했다.

그러나 준후는 인지하지도 못했다. 그것은 분명 이런 일이 가능하다고 암시하는 행동이었다. 그리고 운석을 쳐 내고 옥결 자신에게 우주급의 힘을 지니고 있다는 것도 아버지 이야기를 하며 은연중 암시했다. 준후라면 그런 정도의 힘은 제대로 상상조차 하지 못했을 것이다. 그렇기에 옥결은 알려 준 것이다.

단순한 자랑이나 생각 없는 푸념이 아니라 마치 '나는 이 정도는 돼. 그러니 알아서 요구해'와 흡사한 표현이었다. 그러나 어디까지나 준후 스스로가 알아서 요구해야만 했다. 자유 의지를 존중한다는 측면에서, 운석의 위험을 인간들이 인지하게 되면 스스로 해결법을 찾아야 한다는 것처럼 말이다.

그렇기에 준후는 옥결이 만족할 만한 답을 내느라 나름 고심했다. 모든 것을 좋게 풀어서 창조해 달라고 할 수는 없었다. 준후 스스로가 극복해 쟁취할 수 있는 조건, 즉 시간의 패러독스에 걸리지 않은 새 지구의 창조까지만 요구하며 나머지 일은 준후가 원래 각오했던 대로 이루어 내는 것만이 옥결이 들어줄 수 있는 한도라고 생각했다.

처음에 세운 계획은 완벽하게 실패했다. 그러나 그것이 끝은 아니었다. 새로운 계획을 세워서 실행해 내면 됐다.

그러자 준후는 마음속부터 덜덜 떨렸다. 자신의 죽음은 차치하더라도 이것마저 실패하거나 거부된다면 더는 방법이 없었다. 옥결이 그를 바라보는 짧은 시간이 엄청나게 길게 느껴졌다.

잠시 뒤, 옥결이 비로소 웃으며 대답했다.

"이것도 그리 좋은 상황은 아닐 텐데? 그래도 원한다면 그 정도는 가능해."

그 말을 듣는 순간 준후는 감격의 눈물을 흘리며 비로소 웃을 수 있었다.


## 쉽지 않은 도전


옥결은 여전히 겉으로는 냉랭했다.

"뭐가 좋다고 웃어? 그리 좋은 상황이 아닐 거라고 난 이미 경고했잖아."

"가능하다는 것만으로도 충분히 좋은데요."

"나중에 후회하지 마."

그러면서 옥결은 이 시도의 위험에 대해서 설명했다.

"첫째, 새로운 지구를 아예 만드는 건 안 돼. 그건 애초에 네 권능에 비해 너무도 큰일이야. 네 권능은 지구에 한정돼 있어. 아예 다른 우주에 지구를 재현하려면 그에 딸린 태양이며 달이며 은하계까지 모조리 만들어 줘야 하는데, 그건 너무 하잖아."

"그러면요? 안 되는 겁니까?"

"날 무시하지 마. 천기의 수호자라는 거창한 직함이 괜히 있는 게 아냐. 어디까지나 지구에 한정해 지구를 재현하는 길은 하나뿐이야."

"어떤 길이죠?"

옥결은 거만하게 코웃음을 한 번 치고는 대답했다.

"시간의 위상차를 이용하는 거야."

"네? 잘 이해가 안 되는데요?"

"네가 이해하고 안 하고는 상관없어. 만들어 주는 내가 알면 그만이니까. 그래도 굳이 설명하자면……."

옥결은 헛기침한 다음 설명을 시작했다.

"시간은 너희가 인식하는 것처럼 알아서 흘러가는 게 아냐. 공간과도 맞물려 있고 모든 것과 맞물려 있지. 뭔지 이해가 어렵겠지만 알맹이만 이야기하자면, 너 따위는 못 해도 나는 과거 시간에서 지구 그 자체를 꺼내 활성화시킬 수 있다는 거지. 왜 위상차라고 말했느냐 하면, 그 시간적 위상의 차이 덕분에 지구가 둘이 돼도 태양계 내에 존재해도 되거든. 두 지구 간에 몇 시간의 차이가 생기게 되는 만큼 두 지구는 시간을 극복하지 않는 이상 만날 수 없으니 상관없는 거지. 물론 정보만 남은 지난 지구를 꺼내는 것만 해도 지구 자체만큼의 질량이 필요하지만, 그거야 뭐 우주에 널린 별을 대신 쓰면 되니 섭리에 위배될 것도 아니고. 귀찮은 재창조도 아니야. 원본을 꺼내는 셈이니 확실하기도 하고."

준후는 경탄하지 않을 수 없었다. 차원을 분리한다거나 하는 것보다도 훨씬 간단하고 확실하게 옥결은 준후의 까다로운 요구를 실행해 보인 것이다.

"그렇다면 그 시간대에 있는 신부님이나 현암 형도⋯⋯."

"그래. 생각하기 나름이긴 하지만, 단순한 복제물은 아니지. 원본 그 자체라고 볼 수도 있어. 그냥 네가 시간을 무리하게 역전시키는 것보다는 우주에 손해가 덜 가는 방법이기도 하고. 일단 내가 현실화시키고 시간의 위상차만 적용시키고 나면 그 자체로는 불합리가 발생하지 않아."

"정말 그렇군요. 감사합니다."

그러나 옥결은 고개를 저었다.

"이야기는 끝까지 들어. 그러나 시간적 문제는 여전히 존재하고, 이중 존재는 배척당해. 바로 너의 영혼 말이야. 다른 지구와의 불합리는 안 생기겠지만, 적어도 거기 들어가는 너에 대해서는 양자 복원 원리나 섭리가 강력하게 발동될 거야. 너는 거기서 너를 알던 누구에게도 정체를 들켜서는 안 돼. 특히 거기에 있는 준후에게 정체를 들키면 안 돼. 그건 정말 무서운 불합리를 낳게 되거든. 만약 들키면 모든 것이 망가질 수 있어. 이건 절대로 명심하고, 조심해야 해."

"그렇군요. 반드시 명심하겠습니다."

"그걸 피하더라도 섭리는 결국은 너를 지워 버릴 거야. 어쩌면 네가 그들을 구하지 못한 채 소멸될 수도 있어. 이건 육체의 죽음을 넘어서 영혼까지도 완전히 소멸되는 거야. 그걸 감수할 수 있겠어?"

준후는 서슴없이 고개를 끄덕였다. 이미 처음부터 각오했던 일이기 때문이다.

옥결은 조금 입술을 일그러뜨리더니 다시 말했다.

"넌 사실 수명이 다해 가는 상태여서 쉽게 생각하는지 모르겠는데, 이건 육체적 수명과는 다르다고. 영혼까지 완전히 없어지는 건데, 정말 괜찮겠어?"

"그분들을 살려 낼 수 있다면 정말 상관없어요. 어차피 이번 생에서의 시간보다 값진 생은 윤회를 반복한다고 해도 올 것 같지 않아요. 아니, 온다 해도 제가 거부할 거예요. 그만큼…… 그만큼이나 저는 신부님과 형, 누나를……."

준후는 말을 더 잇지 못하고 눈물을 뚝뚝 흘렸다. 그것을 보고 옥결은 또 잔소리를 해 댔다.

"에이. 칠칠치 못하게. 뭐, 알아서 해. 아무튼 그래서 소멸은 확정이지만 얼마나 버틸 수 있을지는 네 재주에 달렸어. 결코 쉽지 않을 거야. 아하스 페르츠인지 해밀턴인지 하는 고장 난 영혼이 도와줘도 벌 수 있는 시간은 얼마 안 돼."

옥결은 퉁명스럽게 말했지만 준후로서는 반가운 소식이었다. 해밀턴의 영혼도 소멸되지 않고 있다면 희망은 더욱 커졌다.

준후가 고개를 끄덕이자 옥결은 또다시 덧붙여 말했다.

"그리고 난 이미 네 권능대로 딱 지구만큼의 물질을 새로 만든 셈이야. 거기서 어떻게 하는지, 성공하는지 실패하는지는 전적으로 네 몫이고 난 하나도 안 도와줘. 실패하고서 날 원망하지 마. 뭐, 어차피 원망할 영혼도 안 남겠지만."

"충분합니다. 그리고 섭리상 그래야만 한다는 것은 이해하고 있습니다. 정말…… 정말 감사합니다."

"네 권능을 쓴 거고 난 할 일을 한 거야. 더불어 네가 벌을 받아 죽을 자리를 찾아 준 것뿐이니 굳이 감사 안 해도 돼."

옥결은 이어서 심각한 표정으로 말했다.

"그런데 이건 말 안 해도 되지만 숨기긴 싫어서 알려 주는 건데."

"뭐죠?"

"일단 지구 자체만으로 보면 불합리는 안 생기지. 그리고 주어진 권능을 발휘한 것이니 다른 신격들도 뭐라 하지는 못할 거고. 내가 그만한 권한은 있으니까. 그러나 다른 문제가 있을지도 몰라."

"무슨 문제죠?"

"아까도 말한 마계 이야기야. 마계는 인간을 싫어한다고. 그런데 인간이 갑자기 두 배가 된 셈이야. 지구 안에서 보면 서로 만날 수 없지만, 마계에도 그 정도는 알아보고 두 세계 모두를 넘나들 만한 존재는 많거든."

"그 말씀은……."

"아마도 틀림없이 마계의 악마들은 두 배의 적개심을 가지고 인간을 공격하려 할 거야. 대놓고 내가 합당한 권능으로 만든 세계를 멸망시키지는 못하겠지만, 훨씬 노골적으로 공격해 올걸? 어쩌면 기껏 길들여 놓은 적개심이 다시 터져서 두 세계 중 하나 정도는 어떻게든 멸망시키려 시도할지도 모르고. 그거, 감당되겠어?"

그러나 준후는 단호히 대답했다.

"저는 모두를 믿어요. 신부님이나 형, 누나가 다 극복해 줄 거예요. 그리고 생각해 보니 저도 있긴 하네요. 이쪽 세계의 저이지만, 그래도 지금의 저처럼 할 일은 해낼 거라고 믿어요."

"너, 내 말을 이해 못 했네. 그래, 새로 만든 세계는 지금까지처럼 그럭저럭 버텨 낼 수도 있겠지. 그러나 네가 있던 원래 세계는? 이제 쓸 만한 자들도 없는데 마계는 더 난리를 칠지도 모르니 훨씬 상황이 안 좋아질 텐데?"

이 말에는 준후도 심각한 표정이 됐다. 그러나 준후는 그런 걱정을 떨쳐 내려 애썼다.

"그래도 저는 인간의 힘을 믿어요. 스스로 해낼 수 있을 거라 믿어요. 제가 있던 세계를 굳이 원본이라 생각하지도 않을 거고요. 두 세계 모두 남던지. 이겨 내는 세계가 남겠죠."

"거기까지는 나도 모르겠다. 어떻게 될지. 어차피 이제 네가 책임질 수 있는 것도 아니니."

그러고는 옥결은 마치 이만 꺼지라는 듯 손을 휘휘 저어 보였다.

"아무튼 됐어. 준비됐으니 남은 일은 알아서 해."

"벌써 다 됐나요?"

"다 된 게 아니라 시작도 안 했어. 난 섭리와 권능으로 일하거든. 그리고 시간 역행만 아니라면 시간도 어느 정도 통제가 가능한데, 오래 걸릴 이유가 없지. 네가 떠나면 즉시 만들 거야."

"해밀턴 씨는요?"

"그놈은 자신이 정지된 공간에 있다는 사실도 인지하지 못한 채 헤매고 있을 거야. 너와 함께 새로운 지구에 도착하게 될 거다. 그 녀석에게 사실을 말하건 그냥 네 알량한 계획대로 했다고 말하건 그건 네가 알아서 해라. 어차피 둘 다 없어질 게 뻔하니 상관없어."

그러자 준후는 잠시 머뭇거리다가 다시 옥결을 돌아보았다.

"왜 쳐다봐? 그런 눈빛을 하고?"

"한 가지만 더 부탁해도 될까요?"

"양심도 없냐? 아마 인간 중에 너보다 더 거창한 뭔가를 얻어 낸 녀석은 없을 거다. 그런데 또 바란다고?"

"별것 아니라면 별것 아닌 부탁입니다. 지극히 개인적인 거고요."

"허. 뭔데?"

그러자 준후는 속마음을 말했다.

"저…… 저는 승희 누나가 너무 안 됐어요. 누나는 힘을 써서 늙어 가고 있는데, 저도 기술을 쓸 때마다 생명을 바쳐야 해서 그 마음 잘 알거든요."

"그래서 뭐? 젊어지게 해 달라는 거야?"

"바로 그겁니다. 어차피 새로 만들어 내시는 거나 다름없는데, 기왕이면 조금만 더 신경을 써 주실 순 없을까요? 하는 김에 현암 형이나 신부님도 조금 더 삶을 누리실 수 있게……."

"야, 너 진짜 너무한 것 아냐? 수명 조작은…… 그건…… 뭐, 크게 월권은 아니지만…… 그래도 이렇게 막 해 줄 만한 건 아냐!"

"막 해 달라는 건 아니에요. 따지고 보면 제가 얻은 권능도 세상을 구해서 얻은 건데, 그분들에게도 공이 있지 않나요? 이제 만들어질 새 지구도 같은 위기 상황일 텐데 거기서도 권능을 인정한다면 그분들 몫도 있고……."

"그런 중복은 절대로 불가능! 그걸 일일이 인정해 줬다간 지구가 무한 복제될 수도 있잖아! 권능은 더 이상 없어!"

"그렇다고 해도 그 정도는 인정해 주실 수 있지 않아요?"

"떼쓰는 거야?"

"네."

준후가 시원하게 인정하자 옥결은 어이가 없다는 듯 크게 웃었다. 그러다가 안 되겠다는 듯 대답했다.

"정 그렇다면 할 수 없지, 뭐. 너만 아니라 그들도 좋아했으니까. 정말 순전히 내 호의로 해 주는 거다? 물론 네가 그들을 구하는 데 성공했을 때이지만. 한 삼십 년 정도면 되겠어?"

준후는 기쁨에 환호했다.

"더 바랄 것이 없어요!"

옥결은 여전히 툴툴거렸다.

"근데 너, 정확히는 새로 생길 지구의 장준후는 곤란해. 이미 명이 너무 조금밖에 안 남아서 손볼 수가 없다고."

다른 사람은 성공한다면 원래의 천수를 누리게 돼 있으니 명을 더 붙여도 대략 넘어갈 수 있지만, 준후의 경우는 며칠도 남지 않았는데 갑자기 삼십 년이라는 시간을 붙여 줄 수 없다는 말이었다. 그러나 준후는 오히려 자신의 일이기에 가볍게 받아들였다.

"그건 할 수 없죠. 어차피 장준후도 이해하고 원래대로 받아들일 거예요. 그것도 저고, 아무것도 모를 테니까요. 하하."

"곧 죽을 놈이 웃기는…… 이제 그만 가 봐. 더 있다간 뭘 더 뜯길지 모르니 강제로라도 보내야겠어."

그때 준후는 다시 정색하고 묵묵히 매무새를 갖추더니 옥결을 향해 정중하게 큰절을 올렸다. 옥결도 굳이 피하거나 외면하지 않고 그 절을 점잖게 받았다. 단아하게 절을 마친 후 준후는 말했다.

"정말, 정말로 감사합니다."

"그냥 내 의무라서 해 준 거라니까?"

"아니란 것 잘 알아요. 정말 감사합니다."

그러자 옥결도 처음으로 감상에 젖은 표정이 됐다. 그리고 마치 정말 사백 살이 된 할아버지처럼 말했다.

"……너희가 그토록 옳고 바르게 살아갔는데, 내 어찌 허술하게 넘기겠느냐? 나는 너희를 정말 좋아했단다. 세상의 추악함을 낱낱이 보는 내 입장에서 너희의 모습은 실로 구원이었어. 이토록 올바른 아이들을 내가 어떻게 돕지 않겠느냐? 그리고 우주의 섭리가 결코 매몰차지만은 않다는 것을 보여 주고 싶었단다. 그러나 여기까지구나. 잘 가거라, 준후야. 꼭 원하는 바를 이루거라."

준후도 눈물이 나오려 했으나 옥결이 부여한 육체가 소멸돼 가며 영혼 상태로 돌아갔기에 눈물이 흐르지는 못했다. 그러나 옥결의 따뜻한 배려는 실로 큰 위안이 됐다.

그리고 준후는 다시 원래 계획했던 싸움을 치르기 위해, 영혼 상태로 새로운 지구를 향해 전이되기 시작했다.

새로운 시대를
꿈꾸며

## 전부를 걸고

도착했군!

해밀턴이 감개무량한 듯 준후에게 말했다. 사실은 영혼 상태라서 말한 것이 아니고 의사를 전달한 것에 가깝지만 말을 건네는 것처럼 느껴져서 어색함은 없었다. 그들은 영혼 상태였으나 육체와 똑같은 형상과 구조를 가지고 있었다. 다만 맑은 물이나 공기처럼 거의 투명하게 보일 뿐이었다. 그러나 그것도 영혼에게나 그렇게 느껴지지 보통의 빛으로는 볼 수 없었을 것이다.

네.

준후는 짧게 대답했다. 그들은 원래 있었던 장소의 높은 상공에 떠 있었다. 그리고 희미하게나마 아래의 지형을 볼 수 있었다. 물론 이 역시 영혼 상태여서 본다기보다는 느꼈다고 해야겠지만. 익숙한 감각에 따라 알아서 조율이라도 되는 듯 이 역시 부자연스럽지는 않았다.

이렇게 쉽게 성공할 줄은 몰랐는데. 우리는 결국 시간 역행에 성공한 첫 번째 인류…… 아니, 영혼이 되는 건가?

해밀턴이 다소 감상적으로 말하자 준후 역시 간단히 답했다.

그렇게 볼 수도 있겠네요.

그들이 시간 역행을 한 게 아니라는 것을 준후는 이미 알고 있었다. 더구나 이 지구도 원래 있던 지구가 아니다. 천기의 수호자인 옥결의 도움을 받아 시간 선에서 끄집어낸, 일종의 복제된 지구였다.

그러나 준후는 굳이 그런 것을 해밀턴에게 밝히고 싶지는 않았다. 해밀턴을 못 믿어서가 아니었다. 다만 옥결이 말했던 불합리, 즉 패러독스가 발생할 가능성은 적을수록 좋았기 때문이다. 준후는 조금도 긴장을 풀지 않았다. 앞으로 해야 할 일은 그의 전부를 걸고서라도 반드시 해내야 했다.

그렇다고는 해도, 준후 역시 묘한 감정을 느꼈다. 이제껏 퇴마사로서 준후는 지금의 자신처럼 영혼 상태의 적들과 싸워 왔다. 그런데 이제는 입장이 바뀌어 자신이 영혼 상태가 됐다. 그리고 악마건 인간이건 살아 있고 육체를 가진 존재들과 싸워야만 했다. 아이러니한 일이었다.

섭리인지 양자 보존 원리인지, 반발이 클 거라고 했는데 생각보다는 별것 아닌 것 같군.

아직은 그러네요.

해밀턴의 말에 준후도 동의했다. 이 복제된 지구에도 이미 해밀턴과 준후가 있다. 그렇기에 불합리를 없애기 위한 반발은 굉장히 커야 마땅했다. 물론 아무 느낌도 없는 것은 아니었다. 하지만 육체적 고통은 아니었다. 온몸이 저릿저릿한, 전기가 통하는 느낌이라고나 할까? 그런 류의 고통 내지는 압박감이 있었다. 그러나 그리 대수롭지는 않았다.

그보다 정확히 언제로 우리가 떨어졌는지 모르니, 그것부터 확인해야겠죠.

그렇군. 그래도 되돌릴 수 있을 만큼의 과거로는 왔겠지?

사실 준후도 장담할 수는 없었다. 그러나 준후는 옥결을 믿었다. 그 정도 되는 존재가 이 정도도 짐작 못 했을 리 없다.

아마도요. 일단 내려가죠.

그래. 일단 내가 너를 좀 감싸겠다. 내 불사의 특성이 필요할 테니까.

물론 그렇다고 해도 육체를 지녔을 때처럼 몸을 겹칠 필요는 없었다. 생각만 해도 준후의 몸은 저절로 작아졌고 해밀턴의 몸은 커져서 준후의 몸 전체를 마치 뱃속에 넣은 것처럼 감쌀 수 있었다.

내가 꼭 너를 잡아먹은 것 같은 꼴이군.

해밀턴도 신기했는지 농담을 했다. 그러나 준후는 굳이 대답하지 않았다.

둘은 지면으로 하강하기 시작했다. 자유로운 비행도 육체가 있던 때에는 느껴 보지 못한 신기함이 있었다. 힘으로 허공에 뜨는 것과는 또 달리, 마치 솜사탕 위에 올라앉은 듯 부드럽고 저항감 없는 움직임이었다. 그런데 내려가던 해밀턴이 갑자기 하강을 멈추었다.

왜 그러시죠?

저항이 세졌다. 꽤 강해졌군.

처음에 만만하게 보았던 섭리가 이제야 작동을 한 모양이었다. 여기에는 분명 이유가 있을 것이었다.

거리가 가까워질수록 불합리의 가능성도 높아지니, 저항도 심해지는 것 같네요.

그런 듯해. 겨우 이 정도로 심해진다면 나중에는 더 심하겠는데?

힘드실 것 같으세요?

해밀턴은 약간 거만하게 대답했다.

흥! 난 해밀턴이다.

네.

그런데 너는 어떻지? 고통이 느껴지나?

저는 괜찮습니다. 보호는 완벽한 것 같네요.

그거면 됐다.

그러더니 해밀턴은 아까보다도 훨씬 빠르게 아래로 하강하기 시작했다. 해밀턴의 영혼 속에 있어서인지 준후에게는 아무 고통도 없었다. 그러나 해밀턴의 상태는 지면에 접근할수록 심각해져 갔다. 먼저 해밀턴의 표정이 점점 안 좋아졌으며, 급기야는 해밀턴의 몸 주변이 부스러져 가는 것이 보일 정도였다.

정말 괜찮으세요?

괜찮다!

해밀턴은 고집을 부리며 주술을 발휘했다. 그러자 부스러져 나가던 해밀턴의 몸이 계속 재생돼 메워지기를 반복했다.

재생하는 주술인가요? 육체가 아니라 영혼에도 되나 보군요?

준후의 말에 해밀턴은 간단히 답했다.

이 주술은 원래 악마나 악령 등이 회복할 때 쓰는 거다. 영체라서 번거로운 육체 재생보다 쉽지.

쉽다는 말로 간단히 표현하기에는 굉장한 힘을 필요로 하는 기술 같았다. 그러나 해밀턴은 자존심이 굉장히 높은 사람인 데다가 결코 만만한 능력자는 아니었기에, 준후는 그의 기분을 헤아려서 더 이상 토를 달지 않았다.

그렇게 해밀턴은 일단 준후의 영혼을 손실 없이 지면에까지 도달시키는 데 성공했다. 섭리에 의한 반발력도 만만치 않아져서, 이제는 해밀턴의 영체는 직접 보일 정도로 몸 전체가 미세하지만 계속 갉혀 나가고 있었다. 그러나 해밀턴은 그런 소모를 계속 재생하며 버텨 내고 있었다.

대강 전에 있던 곳 부근으로는 왔다. 일단 다른 자들을 만나는 건 가급적 피해야겠지?

맞아요. 비록 영체라고 할 수 있지만, 여기 모인 사람들은 특수하니까요.

일반인이라면 모를까 이곳에 모인 영능력자의 최소 삼분의 이는 영혼 정도는 가볍게 뚫어 볼 수 있는 자들이었다. 더구나 사방에 흩어져 있기도 했다. 당연히 그들에게 발견되지 않도록 조심해야 했다.

준후는 해밀턴의 영체 안에 들어간 상태로 해동밀교의 은신술인 은장술을 펼쳤다. 은장술이란 육체를 주변과 동화시켜 알아볼 수 없게 하는 기술이었다. 강력한 힘을 바탕으로 펼쳐진 은장술은 영체에도 걸맞게 작용해 공기와 완전히 동화됐고 안 그래도 식별이 힘든 영체를 거의 완벽하게 감추었다.

준후의 몸에는 블랙 서클의 힘으로 얻어 낸 수백 명에 달하는 능력자들의 힘이 고스란히 보존돼 있었다. 보존이라기보다는 허공에 위탁했다가 다시 찾는 식에 가까웠다. 그런 방식이 영혼에게는 일반적인 것이라 그런지 따로 배우지 않아도 영혼 상태가 되니 자연스럽게 그 능력들을 쓸 수 있었다. 그리고 지금은 그 힘을 모조리 준후의 영혼에 축적한 상태였다.

사실 이 정도라면 준후의 과거의 능력을 아득히 넘어서는 막강한 힘이었다. 아직 제대로 융화되지 못해서 원래 힘의 절반도 못 끌어내겠지만, 과거에 비견하면 최소 열 배는 더 강했다. 덕분에 익숙한 기술을 쓰지 않아도 과거보다는 강력한 위력을 발휘할 수 있었다.

준후는 새로 얻은 기술들을 죽 돌이켜 생각해 보았다. 여러 능력자의 기술과 능력 등에는 자신을 보호하고 영체를 수호하거나 재생하는 수법들도 여럿 있었다. 준후는 내친김에 그러한 기술들로 해밀턴의 영체 전체를 감싸 보호하기 시작했다. 그러자 해밀턴도 조금은 더 버티기 쉬워진 듯했다.

고맙다. 그런데 내게 너무 많은 힘을 쓰지 말거라.

시간…… 아니, 충분해요.

준후는 하마터면 시간 선을 넘지 않아도 된다는 말을 할 뻔했지만 재빨리 실수를 무마했다.

'불합리를 늘릴 뻔했네.'

그렇더라도 섭리에 의한 반발은 대단했다. 준후가 온갖 종파나 단체의 기술로 친 보호막이 무참하게 깎여 나갈 정도였으니. 엄청나게 강화된 상태인 준후도 결코 무시 못 할 만큼 소모가 컸다. 그걸 혼자서 버티고 있던 해밀턴의 능력이 얼마나 대단한지 준후는 새삼 깨달았다.

그때 해밀턴이 말했다.

그런데 슬슬 서두르는 게 좋지 않겠느냐? 준후, 네 몸으로 들어가는 게 원래 계획이었으니.

해밀턴의 말에 준후는 몹시 놀랐다. 사실 원래 준후가 세웠던 계획은 준후의 영혼이 지금 존재하는 준후의 몸으로 들어가는 것이었다. 그러나 옥결은 그건 대단한 불합리를 발생시키는 행위이며 절대 해서는 안 되는 일이라 못 박았다. 듣고 보니 준후도 그게 얼마나 제멋대로의 생각이었는지 이해할 수 있었다.

허나 해밀턴은 그 사실을 몰랐다. 그렇다고 이제 와서 옥결의 이야기나 바뀐 내용들을 전부 말할 수도 없었다. 무엇보다 시간이 없었기에 준후는 변명할 수밖에 없었다.

인과가 연결된 자에게 갈수록 반발력이 커지잖아요. 몸에 들어갈 수 없을 것 같아요.

그런가? 하긴 그럴 수도 있겠군.

해밀턴 씨도 자신의 몸은 피하세요.

알겠다. 그런데 그렇다면 우리는 그냥 소멸되는 것 아닌가? 시간에 따라서 둘이 합쳐져야 하는데, 이렇게 섭리가 거부한다면 우리는 결국 소멸될 수밖에 없지 않느냐.

그것은 이미 확정된 일이었다. 해밀턴이 알고 있는 것과 다르게 시간 역행 속에 있는 게 아니라, 다른 별도의 지구에 있기 때문이다. 그러나 준후는 그것을 해밀턴에게 이야기하지 않았다. 굳이 지금 해밀턴의 영혼은 그냥 소멸돼 버리는 것이라 말로 할 수가 없는 것이다. 물론 해밀턴은 원래 죽음을 바라 왔지만……

그렇게 될 수도 있겠네요. 아니, 그렇게 되겠네요. 그래도 무슨 상관이에요? 어차피 내가 여기에도 있는데.

뭐, 그렇긴 하지. 그래도 고통스러울 것 같은데, 괜찮겠느냐?

저는 괜찮아요. 뭐든 각오가 돼 있어요. 허나 해밀턴 씨야말로……

그렇게 된다면 난 오히려 고맙지. 겪을 수 없던 죽음이라는 걸 드디어 겪어 보는 셈이니까. 뭐, 아무래도 이쪽 세계의 해밀턴은……

이쪽 세계요? 이건 그냥 조금 전 시간대의……

아, 귀찮으니 그냥 이렇게 부르겠다. 게다가 이상하게 이쪽 세계의 해밀턴이 나와 같은 놈이란 게 실감이 잘 안 나서 말이다.

그…… 그러면 뭐, 편하신 대로 그렇게 부르죠.

그래. 소멸되건 말건 그건 신경 쓸 일이 아니지. 너나 나나 받아들이면 그뿐이니까.

준후는 미처 대비하지 못했던 부분을 해밀턴이 별 신경을 쓰지 않고 넘어가자 안도의 한숨을 내쉬었다.

그러자 준후는 기이한 감정이 느껴졌다. 은근한 쾌감이나 해방감, 뭔가 은밀한 기쁨 같은 것이었다. 처음에는 원인을 알 수 없었는데, 조금 돌이켜 생각해 보자 순간 가슴이 철렁 내려앉는 것 같았다.

'나, 거짓말에 너무 익숙해지는 것 아냐?'

그것은 바로 자신이 거짓말을 했고, 그게 통했다는 것에 대한 작은 기쁨이었다. 그동안 준후는 정직하고 올바르게만 살아왔다. 박 신부나 현암도 거짓말 따위는 하지 않고 살았다. 심지어 승희는 마음을 읽는 능력이 있었기에 거짓말이 통하기도 어려웠다. 실제 승희가 성장하며 강해진 준후의 마음을 마음대로 읽을 수 있는지는 의문이지만, 승희도 주변인의 마음을 절대 함부로 읽지는 않았다. 더 나아가 자주 사용하던 세크메트의 눈은 서로 간에 거짓을 말할 생각조차 내지 않는 생활 습관에 일조했다.

그렇기에 준후도 거짓말에 능하지 않았다. 물론 가끔 거짓말할 때도 있었다. 그러나 그건 주로 적을 상대하기 위해서였다. 그리고 준후가 한 가장 큰 거짓말은 말세에 임할 자를 자처해서 현암과 박 신부마저도 속이려던 일이었다. 나름의 이유를 가지고 한 행동이었지만 거짓은 거짓이었다. 게다가 군중들에게서 힘을 얻어 시간 역행을 가능케 했을 때도 여러 번 거짓말을 했다. 물론 항상 나름의 이유는 있었다. 하지만 그것으로 인해 안도감을 넘어 작은 기쁨까지 느끼게 되니 뭔가 거리낌이 생겼다.

'할 수 없었잖아. 지금은 급하니까.'

준후는 억지로 마음을 억누르려는데 해밀턴이 물었다.

**그럼 뭘 해야 하지?**

정신을 차린 준후가 급히 대답했다.

**우선 지금이 어느 시간인지부터 파악하죠.**

준후는 자신이 떨어진 시간대를 파악하는데 주의를 기울였다. 당연히 지난 일들도 생각해야만 했다.

원래 퇴마사들은 산통 중인 바이올렛을 업고 함께 이동했다. 한편으로는 한쪽으로 전진하던 한국 도인들을 포함한 일파가 아녜스 수녀 일당을 만나게 된다. 그리고 아기들의 영혼에 일단 제지되는데, 이때 준호와 아라가 그들을 설득하고 인질을 자처하며 나선다. 그러나 그들을 보증했던 용화교의 무색이 자결해 버리며 '퇴마사들을 계속 뒤쫓으라'고 제자들에게 명령했다. 분노한 한국 도인들과 나머지 무리 사이에서 싸움이 벌어진 것도 그 때문이었다. 그 틈에 아녜스 수녀 일파는 빠져나가 퇴마사들을 추적하고, 그들을 막기 위해 현암과 승희가 남게 되는 것이다.

물론 준후의 목적은 박 신부와 현암, 승희를 구원하는 것이다. 그리고 당연히 준호의 실명도 막고 싶었다. 먼 과거로 왔다면 대부분을 되돌릴 수 있을 것이다. 심지어 연희나 백호의 죽음까지 막을 수 있을지도 모른다.

'옥결 씨는 멀리 갈수록 불합리가 발생할 우려가 커진다고 했지. 그러니 너무 먼 시간대로 보내진 않았을 거야.'

그러나 불합리에 대한 문제는 준후도 이미 인식하고 있었기에 그것까지는 차마 바랄 수 없었다. 백호나 연희까지 구한다면 정말 상황이 어떻게 변화할지 모르니 포기하는 수밖에 없었다.

그래서 준후가 그나마 바란 것은 준호의 실명 정도만 덤으로 제지하는 것이었다. 무색이 나서지 못하게 막을 수만 있어도 일단 아녜스 수녀의 추격은 막을 수 있을 것이다. 그러면 배신당하지 않게 되므로 아기들의 영혼에게 간 준호가 눈을 잃지 않아도 된다. 그러나 그렇게 쟁쟁한 자들 사이에서 무색을 제압하는 것은 쉽지 않을 터였다. 무색도 만만치 않은 인물이지만 그를 제압하는 것보다 주변인들이 눈치를 못 채게 해야만 했다. 물론 그에 마땅한 기술들도 있기는 했다.

문제는 그런 기술 대부분이 사람을 죽여야 한다는 점이었다. 은밀하고 눈에 띄지도 않게 힘을 행사하는 기술은 당연히 대부분 암살 기술이다. 아사신 일파나 칼키파 같은 극단적 종파에서 나온 기술들 말이다. 숫자도 몇 종 되지 않고 박학한 준후도 원류 자체가 다른 수법들을 당장 뜯어고칠 수는 없었다.

약하게 쓰면 기절만 시킬 수 있지 않을까도 생각해 보았지만 이런 류의 기술들은 힘을 강하게 넣어야 은밀성도 오르고 동시에 위력도 올라간다. 약하게 쓰면 외부에서 공격이 가해진 것을 주변에서도 느낄 수 있었다. 죽을 정도로 강하게 써야만 오히려 발각되지 않았다.

그때 준후는 돌연 생각했다.

'무색 화상은 어차피 죽게 돼 있잖아. 내가 먼저 죽인다고 해서 뭐 잘못이겠어? 어차피 난 이제 뒤도 없는데?'

그리고 연이어 그런 생각을 하는 자신에게 스스로 깜짝 놀랐다.

'아냐! 그럴 순 없어! 신부님도, 현암 형도, 절대 사람을 고의로 죽이려 든 적은 없어! 이건 타락이야!'

그때 해밀턴이 말했다.

**이거 상황이 좀 급한 것 같군.**

그 말에 준후는 놀라서 후다닥 주변을 살폈다. 암살 기술이 아니라 천안통(天眼通)에 해당되는 능력을 찾아 방대한 힘을 가하니 넓은 지역의 움직임도 전부 구별할 수 있게 됐다. 상황 파악이 끝난 준후는 마음이 급해졌다.

옥결은 정말 빠듯한 시간대로 준후를 보낸 것이다. 불합리의 가능성을 최대로 줄이려 한 것이니 사실 이러는 게 맞았다. 이미 준호와 아라는 아기들에게 잡혀간 것 같았고, 무색도 죽은 뒤였다. 용화교나 칼키파들이 한국 도인들과 난투를 벌이고 있었기에 즉각 판단할 수 있었다. 사실상 준호의 눈을 구할 수는 없는 셈이었다. 준후는 몹시 애석했다. 그래도 준호가 죽는 것은 아니며, 무색은 이미 죽어 버렸기에 더 고민할 필요도 없어서 아주 조금, 비밀이지만 조금은 안심이 됐다.

# 번뇌

하지만 곧 번뇌가 밀려왔다. 이전에도 준후는 참다 못해 사람을 공격한 적이 여러 번 있었다. 해동밀교 당시 양아버지인 서 교주를 공격했던 과거가 있었던 준후는 사람을 공격하고 싶지 않았다. 그러나 퇴마사 일을 하면서 몇 번이나 상대를 없애 버리고 싶다는 충동에 빠진 적이 있었다.

마스터와 최후를 상대할 때도 뇌전 기술을 끌어올렸고 마스터를 맞추었다. 물론 그건 마스터가 조롱 삼아 일부러 맞아 준 것이지만, 정말 고의로 맞출 생각을 한 건 분명했다. 게다가 아녜스 수녀와 박 신부가 싸울 때도 감정을 이기지 못하고 아녜스 수녀를 죽이려 했었다. 박 신부가 말려서 간신히 참았지만, 그때도 준후는 감정의 고삐를 놓쳤었다.

준후는 문득 지금도 그런 생각이 들었다. 그러나 또 다른 마음속의 자신이 속삭였다. 준후는 마음속으로 번뇌와 치열하게 싸웠다.

'할 수 없잖아. 이제 너는 곧 소멸돼 없어진다고! 신부님이나 현암 형을 구하려면 뭐든지 할 수 있어야지!'

'아냐. 그래도 이런 식으로는 안 돼!'

'정말 그럴까? 그럴 수 있을까? 아녜스 수녀도 살려 둘 수 있어? 지금의 너라면 문제가 안 돼! 아무도 몰라! 암살 기술에다가 네가 지닌 수많은 사람의 힘을 합하면 간단히 아무도 모르게 죽여 없앨 수 있다고! 가장 적은 불합리로 문제를 해결할 수 있는 방법

이란 말이야!'

'그 여자는 절대 용서할 수 없어! 그러나 이런 방식으로는……!'

'현암 형을 생각해 봐. 아네스 수녀를 막지 못하면 현암 형은 죽어! 승희 누나와 함께 손목만 남고 죽게 돼! 당장 막더라도, 그 여자는 집요하게 방해하고 무슨 일이든 꾸밀 거야! 이번 위기도 잘 풀릴 수 있는 것을 그 여자가 다 망쳐 놓은 거야! 그런 여자를 살려 둬서야 되겠어?'

준후는 몹시 괴로웠다. 다른 누구에게나 자비심을 가질 수 있었지만 아네스 수녀만큼은 용납하기 힘들었다. 더구나 그녀는 최고로 위험한 능력자인 데다가 거의 미쳐 있었다. 준후 자신도 내심 아네스 수녀를 가장 없애 버려야 할 자로 생각하고 있었다. 밉다. 없어지는 게 낫다. 죽어 버렸으면 좋겠다. 반드시 죽여 버리겠다…….

준후는 번민에 빠졌다. 겉으로는 아닌 척하고 있었지만 마음은 계속해서 기울어져 갔다. 수단 방법을 가리지 않아도 될 것 같은 생각이 점점 짙어졌다. 아네스 수녀를 죽여 불합리가 발생하더라도, 오히려 그편이 나을 것 같다는 생각이 굳어졌다.

그때 해밀턴이 다시 재촉했다.

**점점 견디기 힘들어진다! 그리고 시간도 없다! 저쪽에서 폭음이 들렸다!**

폭음이 들렸다는 것은 이미 아네스 수녀의 일당들이 현암과 승희를 공격하기 시작했다는 의미였다. 그것은 이미 퇴마사들이 최소 두 갈래로 나눠졌다는 뜻이다.

이미 나눠졌네요. 이때쯤 현암 형과 승희 누나하고 저와 신부님이 나눠졌었어요!

그러면 어떻게 할 거냐? 우리도 나눠질까? 아니면 함께 한 쪽씩 상대할까? 네가 바라서 얻은 권능이니 나는 네 뜻대로 하겠다!

준후는 선택해야만 했다. 둘이 나눠져서 상대할지, 아니면 같이 가서 하나씩 상대할지. 그리고 나눠진다면 누가 어느 쪽을 상대할지 결단을 내려야만 했다.

일단 마음이 급했다. 그 이유는 박 신부와 현암 측의 정확한 사망 시간을 둘 다 몰랐기 때문이다. 시간적으로는 현암 측이 먼저인 것 같았으나 폭음이 들리는 것으로 보아 아직 늦지는 않은 것 같았다. 그래도 서둘러 구해야만 한다는 생각이 앞섰다. 불행히도 아무리 많은 수법을 알고, 영체의 몸이 됐어도 몸을 여러 개로 나누는 수법은 없었다. 비슷한 것이 있긴 했지만 그렇게 나누면 위력도 떨어져서 상당한 강적들인 상대를 격파하지 못하고 발각될 확률이 높았다. 더구나 영체는 비행 속도가 그리 빠르지 않았다. 달리는 것보다야 당연히 빠르지만, 엄청나게 빠른 이동은 하지 못했다. 둘 다 영체 상태가 익숙하지 못해서 그럴지도 몰랐다. 준후는 많은 기술을 얻었지만 모조리 인간의 몸으로 쓰는 기술이라 영체에 잘 적용될지도 확실하지 않았다. 게다가 그 어느 쪽 전력도 만만치 않았다.

원래였다면 상대가 가능했을 것이다. 해밀턴은 여전히 최강자고 많은 능력자의 힘을 얻게 된 준후는 그 이상이었다. 그러나 섭리에 의해 지속적으로 몸이 갉아지는 핸디캡이 생겼으며, 퇴마사들이 그들을 인식해서도 안 된다는 큰 제약이 있었다. 심지어 퇴마사들에게 가까이 가면 섭리에 의한 반발은 더더욱 강해져서 견딜 수 없을 정도였다.

아녜스 수녀 쪽은 어느 정도 여유가 있겠지만 아스타로트가 보낸 괴물 무리는 그 힘의 정도를 아직 몰랐다. 결정하기 어려운 상황이었다.

고민 끝에 준후는 말했다.

나눠져요.

그 말에 해밀턴은 다시 한번 물었다.

그게 나을 것 같으냐? 내 생각은……

말끝을 흐리던 해밀턴은 말을 중단했다.

아니, 됐다.

준후는 걱정돼 물었다.

버틸 수 있으세요?

아직은 괜찮다. 다만, 좀 손해가 큰 것 같다. 어느 쪽을 택하건, 네가 좀 서둘러 처리하고 내 쪽을 도와줘야 할지도 모른다.

사실 해밀턴은 몹시 약해진 상태였다. 최강자였지만 역시 섭리의 반발력을 계속 이겨 내는 것은 불가능했던 것이다. 지금도 불사의 능력과 준후의 보조로 어떻게든 버티고는 있는 셈이었다. 자존심 강한 해밀턴이 이렇게 말한다면, 정말 좋지 않은 상황인 것이다.

'어쩌지? 함께 하나씩 처리할까? 그게 더 나을까?'

박 신부는 한참을 더 도망치다가 괴물 무리를 만나고 나서 준후와 헤어졌다. 그러므로 시간적 여유는 있었다. 그렇다면 함께 영체를 보존하면서 단번에 아녜스 수녀를 제압하고, 박 신부를 구하러 가는 편이 맞을 수도 있었다. 머릿속의 생각으로는 그랬다.

그러나 준후는 쉽게 그렇게 할 수 없었다. 일단 현암 측을 구하러 가자니 박 신부가 너무도 마음에 걸렸다. 또 박 신부를 먼저 구하러 가자니 현암 측이 마음에 걸렸다. 양측 다 너무도 구하고 싶었기에 차마 한쪽을 선택할 수가 없었다. 그러니 무조건 두 갈래로 나눠져야만 했다.

더 문제가 된 것은 준후의 번뇌였다. 준후는 아녜스 수녀를 직접 보게 되면 과연 자신이 참을 수 있을지, 마치 조금 전 운명이 의도적으로 깨닫게 해 준 것 같은 암살 기술을 사용하지 않을 수 있을지 확신이 없었다. 지금 지닌 능력으로 암살 기술을 사용한다면 전대미문의 위력이 나올 것이다. 아무리 영혼이 붕괴되는 중이라도 아녜스 수녀 정도는 단방에 끝장내 버릴 자신이 있었다. 그러나 직접 사람을 죽이는 것은 퇴마사들이 평생 지켜 온 원칙을 깨 버리는 행위였다. 고민하지 않을 수 없었다.

준후는 결국 수단을 가리지 않는 쪽을 택했다. 어차피 없어질 영혼뿐인 몸이다. 그리고 모든 것을 걸고 시작한 일이니 반드시 성공시켜야만 했다. 박 신부와 현암, 승희의 생존과 평온한 삶을 위해 자신은 무엇이든 희생시킬 수 있다고 결심했다.

'심지어는 지구를 멸망시킬 생각도 했던 나야!'

그렇게 생각해 보니 최선의 방법이 떠올랐다. 상대적으로 시간적 여유가 있는 박 신부에게 해밀턴을 보내고, 자신은 현암 쪽으로 가서 아네스 수녀를 끝장내 버리면 된다. 그건 박 신부를 도우라고 하는 것이 아니라, 해밀턴이 자신의 살인 장면을 못 보게 하려고 보내는 것에 가까웠다. 게다가 그렇게 하면 조금이라도 해밀턴의 힘을 보존할 수 있을 테니 나쁘지 않을 것이다. 심지어 현암과 승희는 영을 보는 능력이 떨어지니 크게 조심할 것도 없었다. 아네스 수녀의 부하들도 내친김에 모조리 처리해 버리면 될 것이었다. 현암과 승희는 영문을 몰라 하겠지만…… 어쨌든 그걸로 끝이다. 그 이후 박 신부에게로 가서 아스타로트의 괴물들을 처리해 버리면 된다. 괴물들의 처리 정도는 수단 방법을 가릴 것 없으니 오히려 쉬울 것이다.

'신부님이 눈치채시기도 전에, 모든 힘을 한 번에 터뜨려 버리자!'

어차피 상대는 괴물들이었다. 그렇다면 능력자들에게 얻어 낸 수백 종의 기술을 동시에 쓸 수 있었다. 영체이며 넘치는 힘이 있는 데다 뒤를 생각하지 않아도 되니 그것으로 그만이었다. 물론 그렇게 무리하면 아마 영체가 터져 나갈 것이다. 그러나 준후는 그래서 더 좋다고 생각했다. 반작용으로 몸이 터져 나가건 말건, 후련하게 모조리 싹 쓸어버리고 박 신부가 눈치챌 틈도 없이 곧바로 소멸돼 버리면 가장 간단한…….

준후는 한참 생각하고 있다가 돌연 해밀턴의 말에 정신을 차렸다.

내가 미스터 현암 쪽으로 간다.

네? 저더러 결정하라고…….

해밀턴은 무겁게 말했다.

아니, 그래선 안 되겠다.

아뇨! 제가 그쪽으로 가는 게…….

그러자 해밀턴은 엄하게 말했다.

아녜스 수녀가 그쪽에 있기 때문인가?

그 말에 준후는 놀라 말을 멈추었다. 그러자 해밀턴은 천천히 말을 이었다.

이천 년 동안 피바다에서 살아온 나다. 그런 내가 네 마음속에서 살의가 마구 뻗어 나오는 것을 못 느낄 것 같으냐? 아녜스 수녀가 밉겠지. 나도 그렇다! 아녜스 수녀를 죽이기 위해 남겨 둔 세계에서 암살자까지 고용한 게 나다. 그러나 너는 안 돼. 그러니 가지 마라.

하지만 그게 최선의 방법…….

준후야. 나는 박 신부님이 아니다. 그러나…… 신부님이 너를 그렇게 가르치셨느냐?

그 말 한마디에 준후는 큰 충격을 받았다. 머릿속에서 커다란 동종(銅鐘)이 울리는 것 같았다. 준후가 대답하지 못하자 해밀턴은 부드럽게 설득하는 듯 덧붙였다.

최선의 방법이건 뭐건, 가장 옳은 길을 택해야만 하는 거다. 박 신부님이라면 이렇게 말씀하셨을 것 같구나. 나를 구원하신, 내가 제일 존경하는 분을 대신해 감히 한마디 해 보았다.

준후는 부끄러워 아무 대답도 하지 못했다. 해밀턴의 말이 맞았다. 퇴마사들은 항상 최선이나 최상의 길보다는 무조건 옳은 길, 신념의 길을 걸었다. 그래서 많은 사람과 많은 영혼, 심지어는 블랙 서클의 영혼까지도 구원할 수 있었다. 아하스 페르츠 같은 최고의 악도 더없이 든든한 동료 해밀턴으로 바꿀 수 있었다.

초치검 사건이나 대홍수의 위기에서도, 말세의 징벌자 사건에서도 오히려 최선이 아니었기에 세상을 구할 수 있었다. 심지어 『해동감결』이라는 전대미문의 예언조차도 부정해 버리면서 말이다.

준후는 다시 한번 깨달았다.

잘못했습니다. 제가 정말 잘못 생각했습니다.

준후는 즉시 해밀턴에게 사과했다. 그러자 해밀턴은 마치 박 신부처럼 미소를 지으며 대답했다.

그래. 그러면 됐다.

그럼, 제가 신부님 쪽으로…….

아무래도 그게 좋겠다. 솔직히 난 박 신부님 쪽을 감당할 자신이 없다.

해밀턴의 판단은 냉정했다. 아녜스 수녀에 대한 준후의 감정도 문제지만, 기왕 나눠질 경우라면 이편이 맞았다. 이미 둘은 양쪽의 전투 상황을 함께 본 바 있었다.

박 신부와 괴물들이 어떻게 싸웠는지는 몰라도, 해밀턴은 남은 흔적을 보았을 때 이 정도는 자신도 감당하기 어렵다고 말했다. 죽지는 않더라도 그것들을 압도할 자신이 없었기 때문이다.

그러나 반면 아네스 수녀 측은 달랐다. 아네스 수녀도 무서웠지만 해밀턴이라면 상대하고도 남았다. 그보다 더 두려운 것은 사방에서 쏟아지는 현대 화기의 총알과 폭탄들이었다.

그건 저도 막을 수 있어요. 저도 영체 상태잖아요?

준후가 말했지만 해밀턴은 간단히 되받았다.

**총 정도는 그렇겠지만, 폭발물은 그렇게 만만치 않다.**

현대 무기들은 영체에게 아무 타격을 가하지 못한다고 알려져 있었지만, 실상은 달랐다. 가령 총알이라면 주된 공격력은 물리력이다. 그래서 물리력에 반응하지 않는 영체라면 신경 쓰지 않아도 된다.

그러나 폭발물은 달랐다. 물리적 파편과 더불어 가장 근본적인 불 공격과 폭압에 의한 압력, 오행으로 치면 풍(風)에 해당하는 타격도 같이 가하는 이 세 가지에 모두 면역이 되기란 쉽지 않았다. 영체라고 해도 강렬한 열과 폭압 등에는 타격을 받을 수 있다는 뜻이었다.

해밀턴은 조금 더 설명했다.

그리고 우리의 목적은 미스터 현암과 미스 승희를 지키는 거다. 나만 멀쩡하면 되는 게 아니다. 그들에게 쏟아지는 공격을 막아 줄 수 있어야 한다. 영체로는 그렇게 못하지.

그러면 해밀턴 씨도 방법이 없지 않나요?

아니, 있다. 잠시 동안 몸을 급조해 가지면 된다. 정 안 되면 주변 사물에 빙의라도 해야지. 그러면 내게는 육체가 생긴 것이나 다름없으니 불사의 능력으로 인해 모조리 빗나가게 될 거다. 그리고 나는 그들과 너보다 연관이 적어서 불합리가 덜 발생할 거다. 그들과 친한 네가 직접 나서는 것보다는.

이쯤 되자 준후도 더는 고집을 부릴 수 없었다.

알겠어요.

결정이 되자 둘은 신속하게 헤어져 각각 목표를 찾아 나서게 됐다. 준후가 해밀턴의 영체에서 나가자, 준후의 보호 주술도 준후의 영체만 보호하게 됐다. 그러자 둘은 스스로의 힘만으로 섭리의 반발력을 버텨 내야만 했다. 예상대로 그 힘은 엄청났다. 준후는 보호 주술에 힘을 더 퍼부어서 영체가 깎여 나가는 것을 막았고, 해밀턴은 계속 재생시키는 것으로 대응했다.

그러나 그렇게 얼마나 오래 버틸 수 있을지는 장담할 수 없었다. 서둘러야만 했다.


## 박 신부의 죽음

준후는 이전에 지나갔던 경로를 기억하고 있었기에 곧 박 신부가 있는 곳을 찾아냈다. 그러나 박 신부에게 다가갈수록 점점 반발력이 커졌다. 보호 주술 중 표면에 있던 두어 개는 이미 깨어져 버려서, 보다 효율 좋은 주술에 힘을 몰았다가 이를 악물고 다시 발동해 재생시키며 버티는 판이었다.

물론 그런다고 포기할 생각은 없었다. 박 신부와의 정이 깊었기 때문에 반발력은 거리를 조금씩 좁힐 때마다 급격하게 강해졌다. 날아가는 것조차도 정말 이를 악물고 힘을 써야 할 정도로 어려웠다. 처음에는 어느 정도 시간적으로 여유가 있을 것이라 생각했었지만 절대 아니었다. 거의 모든 법칙들이 박 신부와 준후의 만남을 막기 위해 작용해서 결국에는 한 치 한 치를 사투하며 간신히 전진하는 꼴이 돼 버렸다. 보호 주술들도 이제는 거의 연속적으로 터져 나가서 새 주술을 덧대기가 힘들 판이었다.

'신부님이 나를 알아차리면 안 되니까 이렇게 저항이 강해지는 거겠지?'

괴물들과의 싸움보다도 이게 더 문제가 됐다. 결국 준후는 날아가려는 생각을 버리고 지면에 거의 닿을 정도로 몸을 낮추었다. 그러자 저항도 훨씬 줄어들어 그나마 버틸 만하게 됐다. 섭리의 작용은 아주 철저했지만, 또 그만큼 단순한 면도 있었다. 조금이라도 둘이 조우할 확률이 높아지면 급격히 강해졌다가 조금이라도 확률이 줄어들면 다시 낮아졌다. 준후와 박 신부가 마주치게 된다면 그 순간 급증해 이것저것 할 틈도 없이 곧바로 준후를 소멸시켜 버릴지도 몰랐다.

'조심해야 해!'

결국 괴물보다는 박 신부에게 들키지 않는 상황에 더 신경 써야만 하는 상태였다. 준후는 그래도 그것을 최대한 활용하려 했다. 일단 박 신부가 있는 위치는 강한 반발력 때문에 오히려 쉽게 파악할 수 있었다. 게다가 준후는 박 신부의 마지막 순간을 본 기억이 있었기에 박 신부가 자신을 볼 수 없도록 뒤쪽에서 몰래 접근할 생각이었다.

발소리를 숨기는 도둑처럼 준후는 가급적 은밀하게 돌아갔다. 가까이 접근하자 저만치에서 아스타로트가 불러낸 괴물들의 요란한 기척이 느껴졌다.

준후는 서둘러서 박 신부의 뒤편에 위치한 나지막한 흙 둔덕 뒤에 숨었다. 그런 다음 조심해서, 박 신부의 눈에 띄지 않게 위로 조금 떠올라 뭔가를 할 생각이었다. 그러나 당장 주술은 준비하지 않았다. 박 신부의 눈에 띄지 않는 순간을 잡아야 했기 때문이다.

조심스레 위로 떠오르자 준후는 박 신부가 대규모의 괴물들과 맞서는 엄청난 장면을 목격할 수 있었다.

박 신부는 단정히 앉아서 온몸에서 기도력을 뿜어내고 있었다. 그것은 박 신부의 주특기인 오라 막을 통해 전해지고 있었는데, 평소와 달리 박 신부의 몸에는 오라가 둘러져 있지 않았다.

오히려 반대편, 엄청난 숫자의 괴물 무리에게 오라 막이 씌워져 있었다.

'아! 저래서……!'

준후는 비로소 박 신부가 어떤 방식으로 수많은 괴물 떼를 물리쳤는지 알 수 있었다. 괴물들의 무리를 상대하기 까다로운 점은 바로 엄청난 숫자였다. 그것들은 흩어져 사방에서 공격하거나, 일부가 나눠져 쌍둥이를 안은 이 지구의 준후를 쫓을 수도 있었다. 그런데 박 신부는 다리가 불편해 제대로 뛸 수조차 없었다. 그 결과 박 신부는 최대의 힘을 발휘해 괴물 전체를 오라 막에 가둬 버리는 방법을 택한 것이다.

이건 박 신부가 아니라면 누구도 할 수 없는 일이었다. 더구나 그냥 가둔 것도 아니고 서서히 오라 막을 좁혀 가고 있었다. 아마도 맨 처음에는 괴물들 전체를 포함한 엄청나게 넓은 공간에 오라를 치고 계속 범위를 줄여서 한데 가두었을 것이다. 악마의 수하들인 괴물들은 신성한 오라와 상극이라, 닿으면 마구 몸이 타서 부서져 갔다. 박 신부가 오라를 극한으로 좁힌다면 단번에 괴물들 전체를 몰살시킬 수 있을 것이었다. 물론 엄청난 힘이 빠져나가는 일이었다. 수백 마리 괴물들의 힘을 막고 모조리 태워 버리는 것이 쉬울 리가 없다. 박 신부의 힘의 원천이 이론적으로는 무한할 수 있는 신앙심이더라도 육체가 오래 버틸 수는 없었다.

'그래서…… 몸이 재로……!'

박 신부는 지쳐서 죽는 순간에도 포기하지 않고 계속 그 자신의 기도력이 이어지기를 바랐을 것이다. 신이나 예수님께. 그리고 그 기도는 분명 응답을 들었을 것이다. 모든 괴물을 물리칠 때까지 계속 기도력이 멈추지 않고 솟아 나왔을 것이다. 그래서 숨이 끊어진 후에도 그 기도력의 통로가 됐던 박 신부의 육체는 힘을 이기지 못해 소금 기둥 같은 재가 돼 버린 것이었다. 오로지 준후를 위해. 단 한 마리도 준후의 뒤를 쫓지 못하게 하기 위해…….

'신부님은…… 정말로…… 제가 구해 드리겠어요!'

박 신부에게 감탄하던 준후는 갑자기 벌어진 돌발 상황에 깜짝 놀랐다. 준후의 위치는 박 신부의 바로 뒤편이 아니고 살짝 사각이었는데, 박 신부는 기도하면서도 문득 준후가 있는 방향으로 고개를 돌린 것이다. 준후가 그 사실을 깨닫기도 전 급격하게 반발력이 강해져서 모를 수가 없었다. 박 신부는 계속 뒤가 신경 쓰이는 것 같았다. 그도 그럴 것이, 박 신부는 준후의 뒤를 막는 중이었다. 그런데 준후가 혹시라도 자신을 위해 되돌아올까 봐 걱정하지 않을 수 없었다. 그렇기에 집중해야 하는데도 뒤에 무언가가 느껴지자 그냥 넘기지 못하고 돌아보려고 한 것이다.

'큰일이다!'

준후는 급히 몸을 낮추어 숨었다. 그리고 그나마 영체를 지탱하던 보호 주술을 은장술로 돌려 버렸다. 박 신부의 예민한 영감이 준후의 존재를 의심하니 먼저 그것에 대비하는 게 최우선이었다. 그러자 안 그래도 급격히 심해진 반발력이 보호 주술조차 뚫고 영체를 직격했고 준후는 마치 감전된 것처럼 엄청난 고통을 받았다. 그야말로 몸 전체가 감전되는 데다 불에 타 없어져 가는 극렬한 고통이었다. 해밀턴이 큰 내색 없이 오래 참았던 게 놀라울 정도였다.

그러나 준후도 결사적으로 버티면서 참았다. 참지 않을 수 없었다. 박 신부가 저토록 몸을 불사르며 애쓰는 건 자신을 위해서였으니까. 비록 지금의 박 신부가 위하는 건 나눠진 지구의 또 다른 자신이지만, 그 사랑은 동일했다.

'절대…… 절대 헛되이 할 수 없어!'

준후는 이를 악물고 버텼다. 그러다 보니 서서히 반발력이 약해지기 시작했다. 준후가 오지 않았다는 것을 확인한 박 신부가 의심을 거두기 시작한 것이다. 그렇기에 발각될 확률이 줄었고 반발력도 그에 따라 약해진 것이다.

'다행이다!'

준후는 급히 은장술을 다시 보호 주술로 바꾸었다. 그러자 한결 견딜 만했다. 그러나 이미 입은 영체의 손실은 쉽게 메워지지 않았다. 육체를 가졌을 때로 치면 온몸에 크고 작은 상처를 입은 셈이었다. 그러나 준후는 재생술 같은 것을 쓸 틈이 없었다.

반발력은 약해졌지만, 박 신부의 기운이 눈에 띄게 줄어든 것이 보였다. 폭포나 해일 같은 기도력에 비하면 미약했지만 준후는 박 신부의 생명력을 결코 놓치지 않고 있었다. 그런데 방금 잠시 한눈을 파는 사이 무리라도 온 것인지, 박 신부의 생명력이 급속도로 떨어지기 시작한 것이다.

'큰일이다! 어떻게 하지?'

원래 준후는 자신의 영체가 부서지건 말건 많은 주술을 발동해 괴물들을 한꺼번에 전멸시킬 생각도 있었다. 하지만 그건 현암 쪽 일이 다 해결됐을 때나 할 수 있는 행동이었다. 그러나 지금은 박 신부의 생명이 다해 가는 중이었다. 그렇다고 섣불리 나섰다가는 박 신부에게 들킬 게 뻔했다. 방금 같은 반발력을 능가하는 더 큰 저항을 당할 터였다. 그러면 박 신부를 구하기는커녕 자신의 영체도 소멸되고 현암 쪽도 위험해지며, 불합리로 모든 것이 어떻게 잘못될지 알 수 없게 됐다. 준후는 절박해졌다.


한편 박 신부는 이제 점점 다가오던 최후가 마침내 바로 앞에까지 이르렀다는 것을 깨달았다. 그러나 마음은 평안했다. 마음은 평안했지만 박 신부의 몸은 엄청난 고통에 휩싸여 있었다. 곧 버티지 못하고 숨이 끊어질 것이었다. 그래도 박 신부는 오직 한 가지만 일념을 바라고 있었다.

'부디 준후가, 그리고 모두가 무사하기를……'

준후가 짐작했듯이 박 신부는 이미 주께 기도해 저 괴물 한 마리도 준후의 뒤를 쫓지 못하게 해 달라는 청을 드렸고, 응답을 받은 상태였다. 비록 박 신부가 죽더라도 괴물들은 하나도 남김없이 소멸될 것이었으나, 박 신부는 다만 준후가 부디 살아남기만을 바랄 뿐이었다.

'하늘에 가서라도 너를 잊지 않고……'

그러나 박 신부는 더 이상 생각을 이어 갈 수 없었다. 덜컥 뭔가 떨어지는 것처럼 극심했던 고통이 순식간에 사라진 것이다. 그리고 박 신부는 이해할 수 없는 온갖 형상의 빛과 구름이 가득한 긴 통로를 순식간에 지나 어디론가 빨려 들어갔다.

박 신부는 죽음을 맞이한 것이다.


그 순간, 준후가 튀어나왔다. 박 신부가 숨을 거두자 준후의 몸에 가해지던 반발력이 삽시간에 줄어들었다. 박 신부가 죽어서 불합리가 생길 확률이 극히 낮아졌기 때문이다.

그러나 박 신부가 청했듯, 그의 몸은 계속 엄청난 오라를 좁히는 기도력의 통로로 사용되고 있었다. 다행히 아직 박 신부의 몸은 온전했다.

준후는 이 순간을 놓칠 수 없었다. 준후는 이를 악물고 박 신부가 숨을 거두는 순간을 일부러 기다려 왔다. 그래야 불합리를 최소화할 수 있었기 때문이다. 준후에게는 수많은 능력자의 기술과 힘이 있었다. 그들 중에는 많은 법력을 소모해, 적어도 당장 죽은 사람은 다시 깨울 수 있는, 현현이로가 중얼거렸던 전기 충격으로 심장을 다시 뛰게 만드는 식의 부활 수법도 있었다. 준후는 바로 그것을 믿고 필사적으로 인내하며 박 신부의 죽음을 참아 넘긴 것이다.

일단 박 신부의 몸을 보존하는 것이 시급했다. 몸이 망가져 버리면 도로 영을 불러오는 일은 매우 힘들어진다. 그러니 박 신부의 몸을 보강해 주어야 했다. 그러나 남의 기운은 믿을 수 없었다. 오로지 믿을 수 있는 것은 박 신부와 영적으로 통하던 준후 자신의 기운뿐이었다. 진신진력이라 할 수 있는 법력을 준후는 있는 힘을 다해 박 신부의 몸에 밀어 넣었다. 처음에는 박 신부의 기도력을 밀어 내고 자신이 괴물들을 해치울까도 생각했지만, 이편이 더 나을 것 같았다. 박 신부가 최후의 순간에 청한 기도를 헛되이 만들고 싶지는 않았다.

영적으로도 통하던 박 신부의 몸이라 그런지 준후의 법력도 무리 없이 유통됐다. 힘의 통제와 조절에 누구보다 능하던 준후는 박 신부의 몸 대신 자신의 법력으로 기도력의 통로를 삼았다. 그리고 박 신부의 몸에도 아낌없이 법력을 퍼붓고, 재생 주술도 썼으며, 동시에 할 수 있는 모든 수단을 다 동원해 박 신부의 몸을 고쳤다.

그러는 사이, 강대한 기도력은 오라 막을 더욱더 좁히더니 괴물들을 서로 끼어 터질 정도로 압박했다. 그리고 결국 모든 괴물 무리는 오라에 눌려 자취도 없이 타 버렸다. 땅에는 이전에 준후가 보았던, 커다랗게 불탄 흔적과 잔해만을 남긴 채 모조리 소멸된 것이다. 그리고 박 신부에 응답해 나타났던 기도력도 소임을 다한 즉시 사라졌다.

준후는 즉시 박 신부의 몸에 부활의 주문을 가했다. 그뿐만 아니라 필사적으로 절규했다.

**신부님! 돌아오세요! 제발요!**

신앙심으로 가득한 박 신부의 몸에 준후 자신의 주문이 얼마나 통할지는 장담할 수 없었다. 그렇기에 애타게 박 신부를 부른 것이다. 어쩌면 박 신부에게 천국이 더 편할지도 모른다는 생각도 했다. 그러나 준후는 알고 있었다. 일신이 편안해지려면 박 신부는 언제든지 그럴 수 있었다는 것을. 하지만 박 신부는 고통을 무릅쓰며 조금이라도 더 많은 사람을 구원하고자 했다.

'신부님은 분명 돌아오실 거야! 천국에 가실 수 있어도 그걸 마음에 들어 하실 분이 아니니까!'

준후는 그런 마음으로, 모든 수단을 동시에 동원하면서 박 신부를 계속 불렀다. 그리고 박 신부도 분명 이편을 마음에 들어 할 것이라고 준후는 믿어 의심치 않았다.


"어……?"

눈을 뜬 박 신부는 의아해했다. 눈을 떠 보니 낯익은 경치가 보였다. 물론 고향에 돌아가거나 천국을 본 것은 아니었다. 막 자신이 최후로 눈을 감았던 풍경 그대로가 보인 것이다.

박 신부는 급히 몸을 일으켰다. 제일 먼저 기도력에 의해 까맣게 타 죽은 괴물들의 자취가 보였다. 박 신부는 급히 성호를 긋고 기도에 응해 주신 주께 감사를 올렸다.

그러고 나자 박 신부는 의문에 빠졌다.

'난…… 분명 죽지 않았었나?'

그러나 자신은 분명 살아 있었다. 뿐만 아니라 오히려 이전보다 몸 상태가 좋아져 있었다.

'완전히 탈진해 있어야 정상인데?'

박 신부는 이해할 수 없었으나 기도로 인해 자신의 몸도 같이 구함을 받은 것이라고 생각했다. 아니, 그렇게 생각할 수밖에 없었다.

'뭐, 나쁜 일은 아니니까. 그런데 아까 분명 준후가 근처에 있는 것 같았는데…….'

그러나 박 신부는 준후를 믿었다. 책임감 있고 자기 사명을 아는 준후가 멋대로 돌아왔을 리 없다고. 그냥 자신의 착각이었을 뿐이라고 생각하기로 했다.

박 신부로서는 이 일의 진실을 도저히 짐작조차 할 수 없었으니까.


## 더욱 심각한 상황


준후는 이미 박 신부의 곁을 떠나 현암과 승희가 있는 곳으로 향하는 중이었다. 박 신부의 숨이 다시 돌아오자 준후는 안도의 눈물을 흘렸다. 하지만 곧 떠나야 했다. 불합리를 막기 위해서도 그렇고, 현암 측의 사정도 만만치 않았기 때문이다. 시간을 낭비할 수는 없었다.

그러나 준후의 몸에 가해지는 타격도 심했다. 박 신부가 잠시나마 죽은 상태였을 때는 덜했지만, 숨이 돌아오자 다시금 반발력이 극심해졌다. 심지어 박 신부의 의식이 돌아오기 전임에도 그랬다. 급히 떠났지만 한참을 날아온 후에도 묵직하게 온몸을 쥐어짜는 듯한 충격이 덮쳐 왔다. 보호 주술이 다시 깨져 나갔지만 당장 도로 발동시키지도 못했다.

물론 아직도 능력자들에게서 얻은 힘은 꽤 남아 있었다. 그러나 박 신부를 구하기 위해 원래부터 가졌던 힘을 과하게 쓴 것이 문제였다. 그 힘은 준후의 영체도 유지시켜 주는 근본이었고, 정신력도 섞인 법력이었다. 즉 극도의 피곤함까지 겹친 것이다. 그토록 주문과 주술에 능했던 준후가 주문을 바로 외울 수도 없을 정도였다.

'괜찮아. 그래도 난 괜찮아. 버틸 수 있어. 아니, 버텨야만 해⋯⋯.'

준후의 영체는 이미 너덜너덜했다. 그러나 준후는 안간힘을 다해 다시 한번 보호 주술을 두르고 속도를 올렸다.

현암과 승희의 손목이 발견됐던 장소는 이미 기억하고 있었다. 그런 일이 벌어지게 놔둘 수는 없었다.

다행히 아직도 간간이 폭음이 들려오고 있었다. 보통 때라면 좋지 않은 것이지만, 지금은 사정이 달랐다.

'최소한 아직 현암 형이 버티고 있다는 증거야!'

준후는 그렇게 생각하며 계속 그 쪽으로 날아갔다. 물론 가는 도중에도 계속 반발력은 강해졌다. 이제는 준후도 고통과 압박, 피곤까지 겹쳐 어지러워질 정도였다. 그러나 가던 도중 그는 뜻밖의 상황, 예상보다도 훨씬 심각한 상황과 마주하게 됐다.

다시 해밀턴을 만난 것이다. 그는 엉망진창인 몰골이 돼 있었다.

여기서 뭐 하시는 거예요?

그러자 해밀턴은 침통하게 되물었다.

신부님은?

다행히도⋯⋯.

해밀턴은 진심으로 다행이라는 표정을 지었다. 그러나 곧바로 다시 어두운 얼굴이 됐다.

잘됐구나. 정말로…… 그러나 여긴 상황이 안 좋다. 접근할 수가 없다! 그래서 난 아무것도 하지 못했다.

왜요?

가까이 가려 할 때마다 반발력이 너무 강해져서다.

반발력이 강해지는 현상은 이해할 수 있었다. 준후도 박 신부와 가까이 했을 때에는 그랬으니까. 하지만 해밀턴이 버티지 못할 정도였다는 것은 당장 납득이 가지 않았다.

절실함은 준후가 더 크겠지만, 고통에 대한 참을성이나 인내는 해밀턴이 더 강했다. 심지어 별다른 내색도 없이 반발력과 혼자 싸우며 준후를 보호까지 해 주었던 해밀턴이었다. 그렇다고 해밀턴과 현암, 승희가 준후와 박 신부의 사이만큼 교분이나 불합리를 더 발생시킬 리도 없었기에 해밀턴의 말이 이해가 가지 않았다.

그러다가 준후는 깨달았다.

해밀턴 씨 혹시…… 아녜스 수녀를 죽이고 싶으셨어요?

그 말에 해밀턴은 잠시 고민하다 대답했다.

솔직히 그랬다. 아? 바로 그것 때문에 반발력이……?

이것이 정답이었다. 사실 준후와 해밀턴 둘 다 퇴마사들에게만 신경을 썼다. 그러나 섭리는 그런 것을 가리지 않았다. 아녜스 수녀를 죽이거나 해를 입히는 것도 당연히 불합리에 해당됐다. 있어서는 안 될 존재가 지금의 존재를 살해하는 일은 엄청난 불합리의 요인이었다.

물론 준후가 박 신부를 살려 내기는 했으나, 적어도 박 신부에게 준후의 존재는 인식되지 않았다. 그리고 준후도 처음에는 박 신부를 부활시킨다는 생각을 하지 않았다. 그러나 해밀턴이 아녜스 수녀를 죽이고자 했던 마음은 현실에 개입할 것이라는 의지를 확실히 비춘 것이었다. 그러니 해밀턴에게는 준후가 겪은 것보다 더 강한 반발력이 작용할 수밖에 없었다.

  '어차피 우리는 여기서 함부로 누군가를 죽일 수는 없었겠구나.'

  준후는 그제야 자신이 하던 생각이 얼마나 터무니없던 것인지 깨달았다. 오로지 퇴마사들의 안위에만 몰두했던 탓에 다른 존재들은 대강 편한 대로 넘겨짚어 생각했다. 하지만 섭리는 모든 것에 똑같이 작용했다. 이제와 생각해 보면 준후와 해밀턴이 존재하고 날아다니는 것만으로도 이미 작게나마 섭리의 균형을 깨뜨리는 중이었다. 그래서 자연스럽게 계속 반발력이 생긴 것이다. 뭔가 할 때마다 더더욱 큰 반발력이 생길 수밖에 없었다.

  돌이켜 보면 박 신부를 노리던 괴물들도 준후가 해치울 수 없는 것들이었다. 괴물들조차도 섭리의 영향하에 있기 때문이었다. 준후가 괴물들을 직접 해치우려 했다면 기도력으로 재가 되는 원래의 상황과는 많이 달랐을 것이다. 그러면 준후는 지금의 해밀턴보다 더 큰 반작용을 받아서 괴물들을 상대하지도 못했거나 박 신부가 준후의 존재를 눈치채서 그 즉시 소멸되는 상황이 벌어졌을지도 모른다.

  '그러고 보니 옥결 씨가 말했던 엔트로피 문제도 있다.'

이미 준후는 시간적으로 존재하면 안 되는 장소에 있는 것이기에 작은 행동 하나마다 반발을 받았다. 양자 복원 원리가 그것을 메우기 위해 작동했으므로 엔트로피 증가를 감수해야 했다. 그렇게 되니 불균형, 불합리가 점점 더 심해졌다. 이것은 준후나 해밀턴이 힘을 쓸수록 더욱 문제가 됐다.

'이러면 아무것도 못 하잖아!'

그때 다시 저만치에서 폭음이 들려왔다. 아직은 현암이 버티고 있다는 증거였다. 하지만 해밀턴조차도 도움을 줄 수 없었으니 언제 끝장날지 모른다. 서둘러 뭔가 해야 했다. 하지만 이런 제약을 돌파할 방법부터 생각하지 않는다면 더욱 큰 불합리가 발생……

그러다 준후는 갑자기 깨달은 것이 있었다.

'아냐, 다른 것이 있어!'

원래대로면 지금 한 생각이 맞을 것이다. 그러나 현실은 그렇게만 볼 것이 아니었다. 에너지 면에서만 따진다면 이미 준후는 박 신부를 구하기 위해 방대한 에너지를 이쪽 세계에 추가했다. 이 자체로도 엄청난 반발력 저항을 받아야 했다. 또한 엔트로피 문제로 뭔가가 이상해지고도 남았다. 그런데 이 부분에서는 별문제가 없었다.

그 이유는 아무래도 옥결 덕분인 것 같았다. 옥결은 천기의 수호자로서, 준후와는 비교도 할 수 없는 초월적 존재였다. 법칙이나 섭리에 대해서도 준후보다 훨씬 잘 알고 있었다. 이 정도 예측은 하고도 남았을 것이다. 그런데도 옥결은 엔트로피 문제 같은 것은 이야기만 살짝 했을 뿐, 그것을 조심하라고는 말해 주지 않았다. 다만 본질적인 문제, 즉 퇴마사나 인간들 사이의 불합리만 발생시키지 말라고 주의를 주었다. 그리고 그게 문제가 되는 이유도 퇴마사들의 이후 삶에 영향을 주기 때문에 조심하라고 한 것 같았다. 그래서 그 부분은 개입하지 않았지만 엔트로피 같이 어쩔 수 없는 나머지는 옥결이 알아서 해 주고 있다고, 준후는 생각할 수밖에 없었다.

'운석을 쳐 내는 것도 비슷한 방식이지……'

옥결이 인간의 멸망을 막기 위해 운석들을 쳐 내면서도, 인간들이 스스로 할 수 있게 된다면 손을 뗀다는 것처럼, 이도 마찬가지였다. 준후가 해낼 수 있는 부분은 준후에게 맡겨 두지만, 그 외의 어쩔 수 없는 부분은 옥결이 엄청난 권능으로 해결해 주고 돌봐 주고 있는 셈이었다. 지구 하나를 새로 만들어 줄 정도이니 능력이 모자랄 리는 없지만, 준후 스스로 해내야만 하기에 일부만 개입하는 것이리라.

비록 한정적이지만, 준후는 옥결이 자신을 믿고 도와준다고 믿었다. 그러자 용기가 생겼다. 물론 발각되는 것은 조심해야겠지만, 최소한 힘을 아낄 필요는 없었다. 이것도 모르면서 시간 역행을 시도했던 자신이 얼마나 바보였는지, 그리고 옥결이 자신을 얼마나 딱하고 안쓰럽다 생각했으면 대놓고 잡아다 도와준 것인지 이제야 간신히 깨닫게 됐다.

그러나 더 지체할 수 없었다. 준후는 의기소침해진 해밀턴을 격려 했다.

해밀턴 씨, 아녜스 수녀를 죽일 생각을 버리세요. 진심으로요! 그러면 반발력도 줄어들 거예요.

네 말이 맞다. 그런 것 같구나.

그런데 왜 그러셨어요? 저는 말리셨으면서…….

해밀턴은 짧게 대답했다.

……네 손에 피가 묻을까 봐.

전 이젠 그러지 않을 거예요.

알았다. 내가 널 너무 못 믿었구나. 분명히 내 실수니 부끄럽다. 일을 다 망칠 뻔했다…….

아직 망친 건 아니에요. 절대 누군가를 죽이려고 하시면 안 돼요.

그러자 해밀턴이 말했다.

그래. 생각해 보니 아녜스 말고도 다른 부하들, 특히 화기를 쏘는 녀석들도 싹 쓸어버릴까 생각했었다.

그래서 더 큰 반발력이 생긴 걸 거예요.

좀 알겠다. 그럼 어쩌지?

준후는 이제 답을 알고 있었다.

다른 자들은 영능력이 약해요. 죽이지 않고 기절시키거나 쓰러뜨리세요. 그리고 무기를 망가뜨리세요.

그것도 반발력이 막지 않을까?

사실 원래대로라면 그래야 마땅했다. 하지만 이제 준후는 옥결을 믿고 있었다. 사람들의 인식에만 관계되지 않는다면, 어느 정도 힘은 써도 된다는 것을.

상대를 죽이거나 들키지만 않는다면 괜찮더라고요.

해밀턴은 좀 이해가 안 가는 것 같았지만, 그래도 이미 박 신부 쪽을 처리하고 온 준후의 말이니 곧 신뢰하고 따랐다.

알았다. 그 정도라면 문제없다. 그러나 솔직히 이제 우리 둘 다 얼마 버티지 못할 것 같구나. 영체가 반 정도 날아가 버렸잖느냐.

해낼 수 있어요.

아녜스 수녀는? 접근만 해도 알아차릴 텐데?

그러나 준후는 방금 생각해 낸 것이 있었다.

한 가지만 부탁할게요.


현암은 가쁜 숨을 내쉬며 다시 엄폐물을 찾아 움직였다. 사실은 움직이는 것조차 쉽지 않았다. 등에 이미 정신을 잃은 승희를 업고 있었기 때문이다. 승희의 손은 현암의 오른손을 꼭 잡고 있었다. 그러나 절대로, 어떤 일이 있어도 놓아서는 안 되는 손이었다. 그 때문에 현암은 제대로 싸울 수 없었다. 그리고 현암도 이미 여러 차례 파편에 맞아 몸 여기저기에 심한 상처를 입은 상태였다.

승희도 그냥 쓰러진 것은 아니었다. 초반 승희는 투시 능력으로 적들의 위치를 정확히 파악하고 염동력을 사용해 위험한 화기를 사용하는 자들을 여럿 쓰러뜨렸다. 물론 신경계를 쥐어짜 기절시킨 했지만 죽이지는 않았다. 승희가 초반에 강한 화기를 든 자들을 선별해 쓰러뜨리지 않았다면 둘 다 포탄의 집중 사격에 뭔가

해 볼 틈도 없이 당했을 것이다.

그러나 적도 그런 승희를 그냥 내버려두지 않았다. 아녜스 수녀는 공격을 가해 현암의 팔을 묶어 둔 상태에서 승희에게 치명적 저격을 가했다. 승희가 쓰러지자 현암은 분노에 떨었지만 할 수 없었다. 그러나 현암은 절대 승희를 버리지 않았다. 잡은 손도 놓지 않았다. 그대로 승희를 들쳐 메고 지독한 공격을 피해 다니기를 얼마나 했는지 모른다. 적 중에서 대형 화기를 소유했던 자들은 승희가 거의 다 쓰러뜨렸지만, 불행히도 화기는 주술이나 기술이 아니었다. 다른 자가 주워 쓸 수 있는 물건이었다. 그 때문에 적들이 쓰러진 자의 중화기를 주워 쓰며 계속 공격을 가했고, 현암은 많은 피해를 입었다. 그러나 화력이 분산됐기에 꽤 긴 시간 동안 버틸 수 있었던 것이다.

천정개혈대법으로 머리를 제외한 전신에 공력을 돌릴 수 있게 된 현암은 원래대로라면 상대할 자가 드물었다. 특히 인간을 상대할 때에는 더더욱 강했다. 전신에 공력을 돌릴 수 있어서 어지간한 공격은 받아 내거나 튕겨 내는 것도 가능했다.

하지만 그것은 어디까지나 공력이 받쳐 줄 때에 한해서였다. 현암의 엄청난 공력도 한계는 있었다. 더구나 그의 가장 강력한 무기였던 월향검도 스스로 버린 이후였다.

그러나 가장 근본적인 이유는 현암 스스로가 살생을 하지 않았기 때문이다. 강한 내공으로 서슴없이 상대를 날려 버린다면 지금 아녜스 수녀 무리를 상대 못할 리가 없을 뿐만 아니라 오히려 압도했을 것이다.

가장 쉬운 방법은 준후에게 약간의 허풍을 섞어 말한 것처럼 천정개혈대법의 구 단계를 완성해 공력을 촉발시키는 것이겠지만, 이 방법을 쓰면 승희도 죽는다. 그렇기에 애당초 쓸 수 없는 방법이었다.

그렇더라도 현암의 공력은 무서운 수준이었다. 제대로 싸운다면, 월향을 버리지 않았다면 승희를 업고, 부상을 당했더라도 상대가 가능했다. 이미 왼손에도 혈도가 뚫려 기를 유통시킬 수 있으며 다리에도 기를 통하게 해 막강한 공격을 할 수 있었다. 원거리 화기 공격은 현암에게도 껄끄러웠지만 월향검으로 충분히 상대할 수 있었다.

단, 이 모든 것은 상대를 인정사정없이 살해하는 경우에만 가능했다. 사방에서 포위를 해 왔고 총격과 폭발물까지 난사하고 있는 상황에서, 빈틈을 노리고 날아드는 아녜스 수녀의 무서운 원소력까지 맞서며 상대의 안위까지 살핀 채 공격한다는 것은 제아무리 현암이라도 무리였다.

특히 화기를 사용하는 적은 어지간한 부상으로도 제압하기 어려웠다. 심지어 한쪽 팔이나 다리를 못 쓰게 만들어도 손가락만으로도 위험하기 짝이 없는 화기를 쏴 댈 수 있으니까. 즉 월향검으로 아예 적의 숨통을 끊는다면 모를까, 장애물도 많은 숲에서 정밀하게 적을 무력화시키는 것은 월향검으로서도 안 된다는 것을 이미 현암은 알고 있었다. 같은 이유로 현암은 '폭' 자 결이나 '탄'

자 결도 애당초 쓰지 않았다. 그 공격은 아녜스 수녀에게도 위험할 정도였다. 하물며 보통 사람인 아녜스 수녀의 부하들에게는 무조건 치명적이었다. 오히려 상대가 약했기에 강한 기술을 쓰지 못하는 아이러니한 상황이 된 것이다.

그래서 현암은 상대를 이기거나 제압하는 것을 일찌감치 포기하고 있었다. 준후와 박 신부, 그리고 세상의 운명이 걸린 바이올렛을 지키기 위해 목숨을 버릴 각오를 한 것이다. 승희도 마찬가지였다. 보통 때라면 현암의 발목을 잡지 않기 위해서라도 함께한다고 하지 않았을 것이다. 그러나 더 이상은 기회가 없기에 승희도 함께 나선 것이다. 그리고 현암은 받아들였다.

월향검도 마찬가지였다. 승희의 마음을 받아 준다는 것을 행동으로 증명하기 위해 월향검을 버린 것이지만, 사실 살기 위해 적을 죽이며 싸우는 상황이었다면 그러지 않았을 것이다. 그러나 현암은 그런 길은 절대 택하지 않으려 했다. 거기에 승희는 이미 총상을 입었고, 강한 육체의 현암도 부상을 입었다. 아무리 현암이 강해도 맨몸으로 총알이나 폭발물의 파편을 막아 낼 수는 없었다. 다만 반탄력 때문에 그런 것들은 보통 사람보다는 훨씬 덜 파고들어 부상 정도가 낮을 뿐이었다.

그리고 반탄력에 모든 공력을 쓸 수도 없었다. 아녜스 수녀가 기회만 엿보며 숨어 있다가 번득이며 나타나 지독한 원소력을 쏘아 댔기 때문이다. 아녜스 수녀는 현암의 약점을 진작 파악하고는 정면으로 맞서지 않고 기습만 가했다. 총알만큼 빠르지는 않지만 움직여 피할 수 없는 경우가 많기에 현암이 할 수 있는 건 왼손에 공력을 모았다가 맞서 쳐 내는 것 정도밖에 없었다.

버티는 것만이 현암이 할 수 있는 일이었다. 아네스 수녀의 능력은 박 신부의 능력과는 상극이라 대단히 위험했고, 중화기는 준후나 박 신부, 특히 산통을 겪는 바이올렛에게 치명적이었다. 단순한 폭풍이나 폭압에 휘말리기만 해도 바이올렛으로서는 위험할 게 분명했다. 그렇기에 현암은 가장 껄끄러운 이들을 최대한 오래 발 묶어 놓아야만 했다.

현암은 실로 놀랄 만큼 끈질기게 버티고 있었다. 의지와 참을성 하나만은 세상에서 으뜸갈지도 몰랐다. 현암은 몸이 가루가 될 듯 힘들고 상처의 고통이 쑤셔도 얼굴을 굳힌 채 고통의 표정조차 보이지 않고 계속 버텼다. 심지어 지속적인 공격으로 많은 부분은 뼈가 금이 갔는데도 그 고통을 모조리 참아 내며 평상시와 마찬가지로 움직이고 있었다.

오히려 현암을 노리던 아네스 수녀나 부하들이 먼저 탈진할 지경이었다. 그들은 특별히 공격조차 받지 않는데도 힘에 부쳐 쓰러질 지경이었는데 피해 다니며 공격을 계속 받는 현암이 쓰러지지 않고 버텨 내고 있으니 질릴 지경이었다.

그러나 제아무리 끈질긴 현암이라도 한계는 있었다. 드디어 막대했던 공력도 바닥나서 다리에 공력이 제대로 돌지 않게 된 순간, 현암의 다리가 동시에 부러져 나갔다. 이미 여러 부분 뼈에 금이 가 있던 곳들을 공력으로 덧대 버티고 있었는데, 공력이 고갈

되자 즉시 부러져 버린 것이다.

현암 자신도 이제는 끝이라고 생각했다. 충분히 버틸 만큼은 버 텼다고 생각했다. 그러면서 마음속으로 박 신부와 준후의 안위를 빌었다. 그리고 쓰러지는 순간에도 들쳐 메고 있던 승희의 몸이 험하게 쓰러지지 않게 돌려 안으며 몸으로 받치며 쓰러졌다. 물론 그 순간에도 손은 놓지 않았다. 절대로, 절대로 놓지 않을 생각이 었다.

쓰러지는 순간, 현암은 갑자기 감전된 듯 몸을 부르르 떨면서 그대로 의식을 잃었다.

그것은 준후가 법력으로 기절시켰기 때문이었다. 만약 기절시 키지 않았다면 정신력이 극에 달한 현암은 죽을 때까지 의식을 잃 지 않았을 것이다. 준후는 누구보다 현암을 잘 알고 있었다.

준후와 해밀턴은 현암이 분투하는 모습을 조금 떨어진 곳에서 눈물을 머금고 지켜만 봐야 했다. 섣불리 현암이 눈치채게 해 불 합리를 유도할 수 없었던 것이다. 박 신부 때처럼 현암이 의식을 잃어야 그나마 뭔가라도 할 수 있었다. 그래서 현암을 기절시킬 만한 순간을 잡아야만 했다. 더구나 현암의 내공이 너무도 강했기 에, 준후도 선뜻 현암을 기절시킬 수 있다고 장담할 수 없었다. 그 래서 눈물을 머금고 현암의 내공이 전부 소진될 때까지 참아야만 했다. 현암의 분투를 지켜보는 건 고통스러웠지만 준후는 확신하 고 있었다. 현암은 내공이 모두 고갈되기 전까지는 절대 죽지도,

쓰러지지 않는다고…….

마침내 그 순간이 오자 준후는 즉시 현암이 인식하기도 전에 법력으로 현암을 기절시켜 버린 것이다. 승희는 이미 의식을 잃은 상태였으니 그나마 다행이었다. 현암을 기절시킨 준후는 남은 법력을 모두 모아 승희에게 넣어 주기 시작했다. 승희는 총을 세 발이나 맞은 상태여서 현암보다도 위급해 보였기 때문이다. 준후는 많은 능력자의 기술을 얻었으므로 박 신부에게 행한 것처럼 주술적 응급 처치도 가능했다. 그렇기에 이렇게 역할을 나눈 것이다.

준후가 현암을 기절시키는 순간, 해밀턴이 무서운 속도로 나무 사이를 헤치고 다니며 아네스 수녀의 부하들을 쓰러뜨렸다. 해밀턴은 현암이 쓰러지길 기다리는 동안 빈틈없이 능력을 발휘해 사방을 살폈다. 작은 바스락거림이나 기척 등을 파악해 적들의 위치를 대부분 짐작하고 있었기에 굉장히 빠르게 처리할 수 있었다. 해밀턴은 영체의 몸으로 일반인을 쓰러뜨리는 격이라 거의 짚단을 베듯 순간적이고 간단하게 완전한 기절 상태로 만드는 게 가능했다. 그나마 다행인 것은 여기가 숲속이라 적들도 자기편을 볼 수 없어서 인식이 잘되지 않았다는 것이다. 그렇기에 여럿을 처리했음에도 반발력이 심하지 않았다.

그사이 준후는 일단 승희의 출혈까지는 멈추는 데 성공했다. 승희의 상처는 너무도 깊어서 목숨을 건진다 해도 제대로 회복될지 의문이었다. 준후는 또 한 번 안쓰러움과 설움에 복받쳤다. 영체의 몸이라 눈물을 흘릴 수도 없었지만…….

'승희 누나. 꼭 살아야 해요……. 현암 형과 잘돼야죠.'

그다음 준후는 현암을 치료하려 했다. 그런데 그때 뭔가가 느리게 날아와 풀썩 그들의 옆에 떨어졌다. 그것은 바로 시한장치가 부착된 커다란 C4 화약 뭉치였다. 현암의 능력이 무서웠는지 아직까지 남아 있던 적 중 한 명이 던진 것이다. 그것도 건물이나 탱크조차도 날려 버릴 만큼 엄청난 크기였다. 잔인하게도 확인 사살을 넘어 완전히 날려 버리려고 한 것이다. 그제야 준후는 현암과 승희가 왜 손목만 남고 몸이 없어졌는지 이해할 수 있었다.

'이미 쓰러졌는데……! 이런 짓까지!'

준후는 분노했다. 처음에는 그것을 고스란히 되돌려 던진 녀석을 날려 버리고 싶었다. 그러나 그것은 살생이며, 또 다른 불합리를 만드는 일이라 간신히 억눌러 참았다. 대신 준후에게는 좋은 생각이 떠올랐다.

준후는 즉시 그 화약 뭉치를 아주 높은 상공으로 던져 올렸다. 폭발물은 곧 떠오르다가 폭발해 버렸다. 준후가 생각했던 높이만큼은 아니었지만 폭압으로 지상에 큰 영향을 줄 정도는 아니었다. 물론 준후는 현암과 승희의 몸에 보호 주술을 써서 그들의 몸에 조금이라도 타격이 가지 않게 막아 주었다. 준후도 폭압의 영향을 받긴 하겠지만, 그 타격은 아주 크지 않을 테니 상관없었다. 게다가 자신보다 현암과 승희를 보호하는 것이 먼저였다. 하지만 준후의 영체는 이제 삼분의 일도 남지 않은 상태였다. 육체였다면 기능을 상실했겠지만 영체라서 그나마 버티고 있을 뿐이다.

'이런 걸 보면 이쪽 세계의 해밀턴 씨가 달려오겠지.'

숲속에서 터졌다면 못 볼 수도 있지만, 상공에서 폭발이 일어난 것을 해밀턴이 못 볼 리는 없었다. 그러면 당연히 이곳으로 달려오게 되고, 한시라도 빨리 치료를 받아야 하는 승희와 현암을 구해 낼 수 있을 것이다. 기지를 발휘해 적들의 치명적 공격을 아군 구조용 신호탄처럼 사용한 것이다.

그다음은 현암 차례였지만, 준후는 생각을 바꾸었다.

'가만! 아녜스 수녀도 이 폭발을 봤을 텐데?'

아녜스 수녀도 폭발물이 이상하게 작동했다는 것은 보았을 것이다. 현암을 마무리하려고 이곳으로 다가올 확률이 컸다. 그러면 어떻게든 아녜스 수녀를 상대해야만 하는데 아녜스 수녀의 눈길을 피하면서 그녀를 쓰러뜨릴 방법은 없었다. 그러나 이대로 두면 아녜스 수녀가 현암과 승희를 죽이고야 말 것이다. 그것만은 용납할 수 없었다. 아무리 살의를 거두려고 했어도, 현암과 승희를 죽게 둘 수는 없었다.

'암살 기술을 써야만 하나……?'

그 순간 전혀 예상치 못한 일이 벌어졌다. 바로 근처에서 갑자기 찢어지는 듯한 비명이 들려온 것이다. 완전히 공포에 질리고 정신이 나간 것 같은 여자의 비명. 놀랍게도 아녜스 수녀의 음성이었다. 더구나 원소력과 주술력이 충만하던 느낌이 하나도 느껴지지 않았다. 아녜스 수녀도 손꼽히는 능력자라서, 그냥 음성에도 은근한 힘의 자취를 느낄 수 있었는데, 방금 전의 비명은 그냥 밋

밋한 보통 여자의 목소리일 뿐이었다.

뭐야? 어떻게 된 거지?

그때 해밀턴의 영체가 준후 앞에 나타나며 말했다.

뭐긴? 꼴좋다. 아녜스 수녀는 완전히 미쳐 버린 것 같군. 제정신이어도 앞으로 아무것도 못 할 거다.

해밀턴 씨? 어떻게 하신 거예요?

준후는 일단 급하게 다시 현암의 상태를 돌보고 법력을 넣어 주며 물었다. 그러자 해밀턴은 자신의 거의 너덜너덜해진 영체 속에서 뭔가를 드러내 보였다. 시커멓게 타오르는 듯한 원형의 무저갱. 바로 블랙 서클이었다.

그걸로 뭔가 하신 건가요?

저 계집의 주변에서 기회를 엿보고 있었다. 그런데 허공에서 아주 큰 폭발이 생기더군.

제가 한 거예요. 아녜스 수녀의 부하들이 폭발물을 던지기에, 위로 던져 버렸어요.

뭔가가 허공에서 터지니 몹시 놀라서 잠시 주의가 흐트러지더군. 그 틈을 타 뒤에서 블랙 서클로 저 계집의 능력을 죄다 빨아들여 버렸다.

네? 블랙 서클은 상대가 원해야만 능력을 전해 주지 않나요?

그러자 해밀턴은 웃었다.

그건 내가 개조해 능력자들에게 준 것이지 않느냐. 내게 있는 원본을 다시 한번 개조해 강제로 상대방의 힘을 빼앗을 수 있도록 했을 뿐이다.

도대체 어느 틈에…… 아니, 왜 그렇게 하신 거죠?

네가 아녜스 수녀를 죽이면 안 된다고 하지 않았느냐. 그렇지만 뭔가 찜찜하더군. 아무래도 문제가 될 것 같았다. 그래서 혹시나 하고 블랙 서클을 개조했다. 시간은 충분했다. 미스터 현암이 애쓰는 동안 오래 기다려야 했지 않느냐.

준후는 해밀턴의 능력에 경탄했다. 역시 해밀턴은 최강자라 불릴 만했다. 블랙 서클을 이용해 아녜스 수녀를 처리한 것은 준후는 생각조차 못 했던 일이다. 블랙 서클 자체가 준후에게는 몹시 꺼리는 것이라 애초에 기억조차도 하지 않으려 했다. 그러나 해밀턴은 그것을 이용해 가장 난감한 상황에서 가장 껄끄러운 아녜스 수녀를 처리한 것이다.

하지만 아녜스 수녀에게 직접 영향을 주는 건 힘들었을 텐데요.

나는 아녜스 수녀와 그렇게 큰 연관이 없다. 아녜스 수녀도 눈치채지 못했고. 게다가 내가 순간적으로 행동한 것이라 저항력이 크지 않았던 것 같아. 물론 내 영체도 많이 상하긴 했지만, 그래도 버틸 만했다.

아녜스 수녀가 절규하는 비명이 멀리서 다시 들려왔다. 완전히 정신이 나간 것 같았다. 해밀턴은 다시 말했다.

능력이 갑자기 사라지니 완전히 미쳐 버렸군. 정신적으로 그 정도밖에 안 되는 수준이면서 날뛴 죗값을 치른 거다. 이쪽 세계에서도 저 계집을 벼르는 자가 많을 텐데, 능력까지 모조리 잃었으니 정말 앞날이 기대되는군.

준후는 대답하지 않았다. 그러자 해밀턴이 말했다.

이제 다른 자들도 없고…… 미스터 현암은 괜찮으냐? 아마 괜찮을 것 같다만.

네. 승희 누나보다는 훨씬 좋아요. 워낙 튼튼해서.

정말 다행이구나.

그래도 곧 피해야 해요. 저 폭발물, 이쪽 세계의 누군가 보고 달려오라고 일부러 높이 올린 것도 있거든요. 아마 이쪽 세계의 해밀턴 씨가 제일 먼저 달려올 것 같으니, 여기 오래 있을 수 없을 거예요.

해밀턴은 고개를 끄덕였다. 그리고 안도하며 설명할 수 없을 정도의 많은 느낌을 담아 말했다.

결국 해냈구나.

네. 정말, 정말로 감사합니다…….

준후는 다시 한번 울 것 같았다. 만감이 교차했다. 그래도 결국 준후는 해냈다. 박 신부와 현암과 승희의 목숨을 구해 낸 것이다. 지구 하나를 새로 만들어서라도 이루려고 한 것을 이룬 기분은 실로 표현이 힘들었다.

둘은 이제 자리를 피했다. 준후와 해밀턴 모두 이제는 거의 껍질만 남았다고 해도 될 정도로 영체가 손상돼 있었다. 심지어는 더 이상 고통조차 느껴지지 않았다. 이는 영체가 거의 기능을 상실해서 죽어 간다는 의미였다. 그러나 준후는 조금의 애석함도, 슬픔도 없었다.

다만 준후는 끝까지 해밀턴을 속이는 것만은 참을 수 없었다. 어차피 소멸돼 없어질 테지만 그래도 끝까지 이렇게 자신을 도와준 상대를 속이고 싶지는 않았다. 그래서 준후는 용기를 내어 입을 열었다.

해밀턴 씨…… 정말 죄송합니다. 해밀턴 씨에게 말하지 않은…… 아니, 속인 것이 있어요. 사실 이 세계는…….

그러자 해밀턴은 피식 웃었다.

새로 만들어진 다른 세계라고? 이미 천기의 수호자께 다 들었는데?

준후는 깜짝 놀랐다.

네? 그럼 제가 거짓말한 것도…….

거짓말은 하지 않았잖느냐. 다만 사실을 말할 용기가 없었을 뿐이지.

그건 그렇습니다만…….

이제라도 말했으니 됐다. 난 그렇게 빡빡하지 않다. 그리고 뭔가 숨긴 건 나도 마찬가지니까.

해밀턴은 웃으며 말했다. 이미 거의 형체조차 사라져 갔지만.

넌 착한 녀석이야. 난 괜찮다. 그리고 오히려 내기에서는 내가 이겼다.

네? 내기라뇨?

누구겠느냐? 천기의 수호자와 한 내기지. 네가 날 속이는 것 같더라도 잘 이끌어 달라기에, 난 너는 절대 끝까지 거짓말할 아이가 아니라고 했다. 그러니 내가 이긴 거다.

준후도 그제야 비로소 마음이 편해졌다. 그래서 약간 실없이 말했다.

오히려 옥결 씨에게 당하신 것 아닐까요? 해밀턴 씨가 그렇게 잘 받아 주셔서 오히려 저는 긴장감을 잃지 않았으니까요.

네 말은 아녜스 수녀의 처리나 뭐, 다른 것도 오히려 죄책감이 있었기에 더 잘 따랐을지도 모른다는 게냐? 그래서 일이 이렇게 잘 풀린 거다?

맞아요. 그러니 옥결 씨의 의도대로 된 걸지도……

그래도 내기는 내가 이긴 거다. 그런 초월 존재를 이렇게라도 이겨 보는 게 어디냐?

해밀턴은 그냥 웃기만 했다.

그들은 더 이상 아무것도 할 일이 없었다. 하늘에 조금 높이 떠서 조용히, 앞으로 남은 이들이 행복하게, 잘 살아가기를 바라면서 소멸되면 끝이었다. 특히 준후는 몹시 뿌듯했다.

'성공했으니 된 거야. 신부님이나 현암 형, 승희 누나도 최소 삼십 년은 더 살 거야. 다들 행복하게 살아 주세요…….'

준후는 다시 해밀턴을 바라보았다. 그의 도움이 없었다면 결코 성공하지 못했을 것이다. 그러나 새삼 준후가 감사의 말을 꺼내기도 전에 해밀턴이 먼저 말했다.

부끄러운 소리 할 거면 그냥 하지 말거라. 더 말할 게 뭐가 있겠느냐?

그런가요?

고생했다느니, 속였다느니, 희생했다느니…… 그런 소리 하지 말라는 거다. 나는 정말 제일 바라던 걸 얻을 수 있게 됐다. 영원한 안식, 죽음 말이다.

불사의 능력은요?

준후가 조심스레 묻자 해밀턴은 웃었다.

이미 진작 사라졌다. 역시 작은 섭리는 큰 섭리를 못 당해. 아녜스 수녀의 능력을 빨아들여서 지금 이나마 버티는 거다. 안 그랬으면 진작 없어졌겠지.

다행이라고 할 수도 없고…… 뭐라 해야 할지 모르겠네요.

그러자 해밀턴이 말했다. 이제 조금만 지나면 어차피 소멸할 것임을 알기에 가벼운 마음으로 말하는 것 같았다.

사실 징벌자와 구원자 쌍둥이를 받는 장면을 보고 싶기는 하다. 하지만 그러면 안 되겠지?

불합리가…….

아, 그 소리는 이제 그만. 지긋지긋해. 그런데…… 준후야.

네?

이만 하면 모두가 잘됐잖느냐. 박 신부님도, 미스터 현암도, 미스 승희도 살아났고, 아녜스 수녀도 나름 죗값을 치렀다. 세상도 예정대로 구원됐고…….

네. 아주 잘됐어요.

준후는 거의 소멸돼 투명해진 얼굴로 아주 밝은 미소를 지었다.

이제 새로운 시대가 시작될 테니까요!

그러나 해밀턴이 돌연 말했다.

그건 당연하다! 그런데 너는?

네?

아니, 이 세계의 장준후 말이다. 우리야 조금만 있으면 소멸이지. 그런데 다른 이들은 나름대로 얻은 게 많은데 그 아이는 얻은 게 없잖느냐? 세상을 구했는데도 말이지.

그건…… 뭐, 이 세계의 저도 더 바라는 건 없을 거예요. 그런데 제 명이 얼마 안 남은 것 알고 계셨어요?

이천 년을 살아온 날 무시하지 마라. 누구에게 듣지 않아도, 얼굴만 보면 수명 정도는 짐작할 수 있다.

그렇군요.

그런데 말이지, 너도 준후잖느냐. 영혼이지만 분명 너도 준후인데 여기서 네 영혼이 소멸되면 그건 어떤 결과를 낳을까?

네?

너도 그렇고, 나도 그렇고. 이쪽 세계에도 분명 존재한다. 그런데 우리, 즉 장준후와 해밀턴이 이쪽 세계에서 소멸하는 것이 어떤 결과를 낳을 것 같으냐?

그건 잘…… 생각해 본 적 없는데요?

두 가지 가능성이 있다. 하나는 그냥 자연스럽게 소멸되고 없던 일이 되는 것.

그게 정상이겠죠.

그러나 다른 가능성도 있지 않겠느냐는 말이다. 여기서 나와 네가 소멸하면서 해밀턴과 장준후의 죽음이 이루어지게 되니, 이쪽 세계의 해밀턴과 장준후의 운명이 변할 수도 있지 않을까?

네?

항상 죽음을 바라 온 나로서는 정말 싫은 일이다만, 해밀턴과 장준후의 죽음이 이미 일어난 것으로 처리돼 어쩌면 예전의 나와 같이 이쪽 세계의 해밀턴과 장준후는 죽지 않는 운명이 되는 건 아닐까? 물론 이쪽 세계의 해밀턴은 질색하겠지. 안 그래도 죽지 못하는데, 더 죽을 수 없게 돼 버린 거니 말이다. 그러나 이쪽 세계의 준후는? 그 준후에게도 세상을 구한 대가로 권능이 올지 모르고, 혹시라도 그것을 바탕으로 자신의 수명을 늘릴 수도 있겠지. 어쩌면 예전의 나와 같이 불사의 존재가 되는 건 아닐까? 너처럼 초월 경지에 오를 테니 그런 가능성도 충분할 것 같구나. 조금만 운이 좋거나 다른 초월적인 존재가 도와준다면 그렇게 될 가능성도 없지는 않은데. 가령…… 천기의 수호자라거나?

그럴까요……?

내가 내기에서 이긴 것도 있으니 말이야.

― 외전 완결

# 외전 3권으로 1부를 마무리하며

제일 먼저 긴 시간 동안 변함없이 관심과 성원을 보내 주신 독자 여러분께 깊은 감사의 말씀부터 전합니다.

아울러, 권 말미에 지면을 할애해 제법 거창하게 '1부의 마무리'라 칭한 이유나 기타 각종 지면에서 밝힐 수 없었던 이야기를 종합해서 적어 보고자 합니다.

1993년, 『퇴마록』을 처음 쓸 때부터 모든 계획이 다 짜여 있던 것은 아닙니다. 1994년 초, 책으로 출간이 되면서 종합적인 계획을 세우기 시작했는데, 당시만 해도 『국내편』, 『세계편』, 『말세편』 정도로 구상했었죠.

처음에는 구성 및 기획하는 능력이나 장편을 다룰 수 있는 능력이 모자랐기 때문에 옴니버스식으로 구성했습니다. 이후 점차 좀더 포괄적인 주제를 크게 표현할 수 있는 장편으로 발전시키고 싶은 욕심이 생겨『혼세편』을 기획에 추가했고, 마지막 파트인『말세편』을 내기 이전에『왜란종결자』나『파이로매니악』등의 다른 장편을 집필했습니다.

원래 제가 그렇게 고집불통인 사람은 아닙니다만, 집필에 있어서만은 '안 되면 될 때까지, 미흡하면 나름 흡족해질 때까지'라고 타협을 안 하는 주의라 많은 시간을 소모해 왔습니다. 실제로 약속을 안 지키는 경우는 거의 없습니다. 그러나 집필에 한해서만큼은 불평이 나오거나 제가 어떤 손해를 입더라도 타협하지 않고 세상에 내놓을 만하게 될 때까지 질타를 감수하며 이를 악물고 버텼습니다. 스스로 표현하고자 하는 바를 담고 싶기도 했고, 무엇보다 많은 기대와 성원을 보내 주시는 분들께 최대한 제대로 된 글을 보여 드리고 싶었습니다.

아무튼 이때 기획 변동이 한 번 있기는 했지만,『말세편』의 마지막 결말만은 그때부터 확정돼 있었습니다. 오랜 기간 그 도달점을 향해 이야기 전개를 풀어 나갔지요. 그런데『말세편』이 나오고 나서 저는 그때까지 들어왔던 모든 악평을 뛰어넘는 질타를 받았습니다. 제가 나름 독자들에 대한 선물이라고 생각했던, 일종의 멀티 엔딩을 마음에 들어 하지 않는 분이 많았기 때문이지요.

물론 그것을 좋게 보신 분들도 다수 존재하며, 그런 질타를 한 분들을 원망하거나 비난하는 것은 절대 아닙니다. 독자는 누구나 자신이 좋아하는 결말을 기대할 수 있고, 그에 대한 반응을 표현하는 건 당연한 일이니까요. 다만 제가 거기서 깨달은 것은 뭐랄까, '내가 부족하구나' 혹은 '너무 자의적, 추상적으로 결말을 냈구나' 하는 교훈이었습니다.

『말세편』을 멀티 엔딩으로 끝맺기까지 제가 고심했던 부분은 이것이었습니다. '퇴마사들이 원했던 세계의 구원은 예정대로 이루어진다. 하지만 너무도 많은 사랑을 받았던 퇴마사들의 생사를 어떻게 풀어 나가야 할까'에 대한 고민이었습니다. 크게 보아 희생을 기본으로 한 이야기였고 그에 따른 아픔과 슬픔도 바탕에 깔려 있었기에 다 잘된 채로 끝내는 것도 문제이지 않을까 하는 생각이 들었지요. 그렇다고 참담한 결말이라면 그것 나름대로 가슴 아파하는 분 또한 많을 거라 판단했습니다.

그래서 제 나름대로는 독자의 상상에 맡겨 읽는 분들이 스스로 결론을 내릴 수 있게 했습니다. 나름 고심해 접근한 방식이었는데 오히려 이것을 더 많은 분들이 마음에 들어 하지 않으리라고는 정말 예상 못 했습니다. 물론 좋은 평도 많이 들었습니다만, 100명의 찬사보다 1명의 악평이 가슴에 틀어박히는 것은 어쩔 수 없더군요. 나중에 더 생각을 해 보니 제가 마지막을 결말짓는 것이 부담스러웠던 것처럼, 독자분들도 사랑하는 캐릭터의 생사를 스스로 결정짓는 것이 부담스러우셨다고 생각합니다.

이전『말세편』말미에 '퇴마록의 시계는 멈췄다'라는 문장을 달아 두었던 것처럼, 세상의 구원이나 철학은 전달됐으니 제 나름으로는 이야기를 마무리 지은 셈이었고, 캐릭터들의 생사는 말 그대로 시간을 멈춘 상태로 두었기에 전혀 마음에 부담을 갖지 않았었습니다.

그래서 책에 나오는 말세의 의미와 더불어 이면적, 즉 제4의 벽을 넘은 상태에서는 준후의 마지막 장면을 끝으로 시간이 정지된 것처럼 설정했습니다. 이것은 만약 수많은 독자의 요구나 저 스스로 심경의 변화가 생길 경우, 다시 시간을 가게 만들어서 다음 이야기도 준비한다는 계산이 있었기 때문입니다.


그런데 실제로는 문제가 커진 것이, 그 세계를 다시 살릴 경우 퇴마사들의 생사를 어느 한쪽으로 정해 놓고 이어질 수밖에 없다는 점이었죠. 이게 가장 큰 문제였습니다. 퇴마사들을 죽이고 시작하는 것은 수많은 독자분이 싫어하실 테고, 그렇다고 다 살아난 세계로 만들면 지금껏 해 왔던 작업이 의미를 많이 잃게 되는 것이었습니다.

결국 딜레마에 빠진 셈입니다. 그래서 엄청나게 오랫동안 고통스러웠습니다. 두 가지를 아우르며 만족할 수 있게 써야 할 텐데, 마치 슈뢰딩거의 고양이처럼 반만 살고 반만 죽은 것 같은 퇴마사들의 상태를 어떻게 최소한의 개연성이라도 지키면서 풀어 갈 수 있을까.

이것이 『퇴마록』을 『말세편』까지 쓰고 거의 20년 동안 고민에 고민을 거듭하면서도 그다음을 제대로 시작하지 못한 까닭이었습니다. 애초에 『외전』 기획도 1권은 퇴마사들의 소소한 일상, 2권은 주변 인물의 시각 정도로 정했었고, 3권은 바로 이 '퇴마록의 시계를 다시 가도록, 혹은 아예 멈추게 하는' 이야기로 정했었습니다. 시계를 멈추게 하는 편이라면 편했겠지만 제게는 어떤 물리 법칙이나 신적 교의보다 독자분들의 바람과 저 스스로 생각하는 개연성 문제가 더 중요해 고심이 길어졌습니다.

저는 과학자가 아니니 상상의 영역에서 너무 사실적으로 이론에 얽매여야 할 필요는 없다고 생각합니다. 가벼운 웃음을 주거나 심각하지 않은 작품이라면 이런 불합리한 가설도 임의로 의도와 설정을 밝힌 채 쓸 수 있다고 생각합니다.

그러나 『퇴마록』은 상당히 진중하고 논리나 개연성, 핍진성을 따지는 작품에 속합니다. 방대한 서사와 세계관을 가지고 있는 이 작품에 개연성이나 논리적으로 맞지 않는 것을 무작정 들이밀어서는 안 된다고 생각했습니다.

결국 여기서 저는 이론적으로 새로운 생각을 해내야만 했습니다. 약간 부연 설명을 드려야 할 것이 판타지적 세계관 설정에 대한 것입니다. 제가 『퇴마록』을 쓸 때 판타지적 세계관을 넣으면서 가장 고심한 것으로 두 가지가 있습니다. 『퇴마록』에 온갖 신적인 존재나 악마들이 나오고, 정신력이나 술법이 가시화, 물리력화, 에너지화돼 나온다는 등의 설정은 모두 허용해도 이 두 가지만은 절대 허용해서는 안 된다는 것이었습니다. 그 첫째는 '부활'이고 둘째는 '시간 역행'이었습니다. 상상의 세계이기에 오히려 이는 절대 반영하면 안 된다고 생각했습니다.

『퇴마록』은 죽음이 가장 중요한 지표가 되는 종교적 세계관을 포함시켜 주 소재로 삼았는데, 죽은 자가 살아나는 '부활'이 쉽게 작품 안에서 일어나 버리면 전체 세계관이 무너지고, 가장 중요하게 생각하는 생명의 가치 또한 붕괴되기 때문입니다. 또 마찬가지로 '시간 역행'을 사용하게 되면 아직도 전부 가설에 불과한 수많은 패러독스를 감당해야만 했습니다.

부활은 종교적인 의미에서부터 철학적으로도, 실질적으로도 불가능하고, 불가능해야만 한다는 설이 지배적이며—최근 복제 인간 등의 요소로 인식론적인 논의가 활발해지고 있긴 합니다만 그건 엄밀한 의미에서 영혼의 재생성, 분할이기에 부활과는 다릅니다—, 시간 역행은 끝없는 논란의 중심에 있는 개념입니다.

시간 역행을 이해하기 위해서는 먼저 평행 우주에 대한 개념을 살펴보아야 하는데, 평행 우주 개념은 시간 역행의 패러독스에 대한 대안 가설을 말합니다. 가령 이것은 1990년대에도 이미 나오고 있었습니다. 앞서 언급했던 영혼의 근본을 따지는 것이라 볼 수 있는 인식론도 1990년대에 철학계에서는 나오고 있던 상태였고, 시간 패러독스에 대한 문제들도 많이 제기되고 있어서 흥미진진하게 귀추를 주목하고 있었습니다.

사실 시간 역행이나 그 패러독스를 해결하기 위한 이야기들은 이미 오래전부터 많이 나오고 있었습니다. 간단하게 '과거로 가서 바꾸면 현재도 바뀐다'에서 시작됐다가, 그러기엔 너무 불합리한 문제가 많이 생기게 되므로 시간 역행 시도 한 번에 새 우주가 생겨난다는 설, 또 시간의 연속체적 성격이 발견됨에 따라 아예 모든 선택지에 따른 우주가 이미 준비돼 있다는 소위 '멀티버스'에 도달하게 되는 가설 등이 있습니다.

반면 아예 불합리를 없애기 위해 시간 역행 자체는 항상 실패하게 되며, 그런 시도 자체가 모조리 무산된다는 다른 가설도 한 줄기로 존재합니다.

어느 것도 현실적으로는 증명된 바 없지만, 논리적으로는 많은 문제가 있습니다. 독자분들은 결과만 보고 즐기셔도 되지만, 만드는 이의 입장에서는 따져 보고 만들어야만 하니까요. 조금 꼼꼼하게 따져 보면 멀티버스는 시간 패러독스 자체는 해결할 수 있지만, 이건 차원 단위로 나눠진 세계로서만 존립합니다.

차원이란 건 마음만 먹으면 들락거릴 수 있는 구분이 아니라 아예 왕복할 수 없도록 나눠지는 개념입니다.

즉 억지로, 미지의 힘으로 어떤 차원을 떠났다고 쳐도 '내 과거'로 간 것이 아니고 그냥 다른 차원에 있던 내가 똑같이 복제 세계로 간 것이다. 돌아온 것조차도 이미 내가 알던 세계가 아니라, '내가 시간 여행으로 다른 차원에 가서 변화를 주고 돌아온, 즉 변조된 과거에 영향을 받아 새로 생성된 다른 세계'라는 뜻이죠.

이는 겉보기에는 똑같아 보여도 사실 원래 세계에는 하나도 영향을 주지 못한다는 겁니다. 차원을 넘나드는 문제는 차치하고라도 어떤 것이 복제품이냐, 원본이냐의 인식론의 문제가 발생하는데, 보통 창작물에서는 이런 건 무시해 버리고 좋을 대로 생각하게 됩니다.

학문적으로 생각해 보면 이 모두가 엄청난 대법칙(엔트로피)인 열역학 제2법칙을 모조리 위배하게 됩니다. 그래서 조금만 논리적으로 들어가도 패러독스를 해결하려다가 사실은 더 엄청난 패러독스를 발생시키게 되죠. 절대 왕래하지 못한다면 논리적으로 문제가 없는데 왕복하게 되면 내가 있는 차원에서만 문제를 발생시키는 게 아니라 상대의 차원에까지 동시에 문제를 만드는 셈이니 결국 엔트로피 면에서는 더욱 말도 안 되게 됩니다. 물론 여기까지 생각할 필요는 없고 재미있으면 그만이겠지만, 만드는 입장에서 저는 이런 논리를 채용하기 싫었습니다. 더 큰 문제는 멀티버스에서 차원 이동이 가능하게 만들어 놓으면 이론은 차치하고 서사적으로도 캐릭터가 중복되고 구성이 산만해지며 모든 중요한 가치도 같이 희석돼 버릴 수 있다는 아주아주 큰 단점이 있습니다. 겉보기와는 달리 부활을 허용해 버리면 안 되는 이유의 몇 배 큰 단점을 안고 가야 합니다.

그렇기에 고민하다가 마침내 나름의 영감을 얻어 만들어 낸 것이 『외전』 3권의 세계관입니다. 최근 연구에 의하면 시간은 초월적─수학적─으로 보면 연속체적인 개념이라고 합니다. 때문에 이 중 원하는 시간대의 세계를 활성화시켜서 새 지구로 만들어 버린다면, 그렇게 해서 시간의 위상차를 두고 두 지구가 현실적으로도 공존하게 된다면 각 가설을 크게 위배하지 않고 스토리적으로도 이미 내놓은 세계관을 이어 갈 수 있다고 생각했습니다.

물론 옥결이라는, 제 세계관 내의 초월자의 조력이 있기는 하지만 자연적으로 그냥 얻어지지도 않고 항상 강조했듯 헌신과 희생이라는 가치 전환으로 얻어지는 세계지요. 멀티버스적인 개념을 가지면서도 난잡하게 흐트러지지 않으며, 퇴마사들이 죽은 세계와 죽지 않은 세계 둘로만 나눠지지, 무한히 증식되는 혼돈의 세계도 아닙니다. 그리고 시간 패러독스의 다른 가설인 '그 시간대로 가는 것이 방해받아 결코 성공할 수 없게 되거나 무화돼서 결국 영향을 주지 못한다'는 개념도 일부 차용했습니다.

이것은 최근 발표된 학설─2025년 현재 기준으로 얼마 안 된 가설입니다. 물론 저는 학자가 아니니 깊은 내용까지 제게 묻거나 헤아리지는 말아 주세요─에서 나온 양자 복원 원리 이론인데, 시간 역행을 행하려 해도 양자 선에서 그 모든 것을 복원해 그냥 시간 역행의 시도 자체를 전 우주가 묻어 버린다(?)는 내용입니다. 시간 역행 불가론에서는 이것을 다양한 상상으로 메웠는데, 저는 가장 최근 가설을 따른 겁니다. 그걸 보니 좀 스토리가 될 것 같고 용기도 나며, 그동안 골몰했던 것의 돌파구로 보이더군요.

작중 시간대는 2000년대쯤으로 이 설이 나온 시기와는 물론 맞지 않습니다만 이 부분은 용서해 주셨으면 합니다. 아무튼 이를 응용한 것이 준후와 해밀턴의 영혼이 위상차의 새 지구에 들어가서 겪는 소멸 현상인 겁니다. 그 지구 자체는 그냥 생성된 거라 불합리가 없지만, 원래 있었던 지구 출신인 준후와 해밀턴의 영혼은 이 불합리를 겪게 되는데, 새 지구 입장에서는 논리적으로만 보면 그냥 외부의 외계인 같은 누군가가 조용히 힘을 써 준 것이나 다름없어서 패러독스가 발생하지 않는 것입니다.

그렇게 저는 이제 두 개의 세계를 나름 받아들이실 수 있을 정도의 개연성을 깔아 놓고 과거의 제가 못다 했던 독자분들의 갈망을 풀어 드릴까 합니다.

제 입장에서는 세계관이 두 개가 됐으니 더 많은 이야기를 풀수 있으며, 주술이나 초능력이 씨가 마른 원래 지구는 보다 현실적 이야기들―『파이로매니악』이나 『바이퍼케이션』 등―의 무대가 될 것이고, 판타지적 세계는 아무래도 독자분들이 사랑하는 캐릭터들이 있는 새 지구 중심으로 풀어 가게 되겠지요.

그래서 일단 여기까지를 1부로 하고, 새로 시작될 퇴마록 2부에 해당하는 『뉴 퇴마록(가제)』은 퇴마사들이 모두 생존해 후계를 양성하며 상당히 희망적으로 나아가게 될 겁니다.

사실 이는 시간의 위상차적 특성 때문에 인간을 적대시하는 악마나 마계로서는 굉장한 페널티를 입게 되는데 어지간한 것들은 새 지구에는 잘 들어갈 수가 없기 때문이죠. 그러나 이 때문에 오히려 위상차를 극복할 수 있는 아주 강하고 큰 존재들이 이쪽의 불합리성 때문에라도 더 직접적으로 간섭하게 돼 소설의 스케일은 더 커질 겁니다. 이런 고뇌와 고심을 거쳐 만들어 낸 세계관이니만치 재미있게 봐주시기를 바랍니다—정말로 힘들었습니다…… ㅠㅠ—.

아무튼 여러분이 사랑하던 퇴마사들은 모두 생존하게 됐고, 나름 계속 활동하며 인간으로서의 삶을 생존하게 됐고, 누리게 됐습니다. 새로운 세계에서의 이야기도 많이 기대해 주시고, 성원해 주시기를 바랍니다.

감사합니다.

2025년 6월 이우혁

퇴
마 외
록 전
3

| | |
|---|---|
| **초판 1쇄 인쇄** | 2025년 5월 8일 |
| **초판 1쇄 발행** | 2025년 6월 5일 |
| **지은이** | 이우혁 |
| **책임편집** | 양수인 |
| **편집진행** | 북케어(김혜인, 전하연) |
| **디자인** | studio forb **본문 조판** 정유정 |
| **책임마케팅** | 최혜령, 박지수, 도우리 |
| **마케팅** | 콘텐츠 IP 사업본부 |
| **해외사업팀** | 한승빈 |
| **경영지원** | 백선희, 권영환, 이기경, 최민선 |
| **제작** | 제이오 |
| **펴낸이** | 서현동 |
| **펴낸곳** | ㈜오팬하우스 |
| **출판등록** | 2024년 5월 16일 제2024-000141호 |
| **주소** | 서울특별시 강남구 테헤란로 419, 11층 (삼성동, 강남파이낸스플라자) |
| **이메일** | info@ofh.co.kr |

ⓒ 이우혁

ISBN 979-11-94654-79-7 03810